VERT EST LE PARADIS

PARUTIONS SEPTEMBRE 1996

Anita Brookner
HOTEL DU LAC

Nicole de Buron
MAIS T'AS-TOUT-POUR-ÊTRE-HEUREUSE

Alain Decaux, *de l'Académie française*
C'ÉTAIT LE XXe SIÈCLE

Jean-François Deniau
UN HÉROS TRÈS DISCRET

Francis Scott Fitzgerald
GATSBY LE MAGNIFIQUE

Denis Humbert
LA DENT DU LOUP

Jean Lartéguy
TRAQUENARD

Rosamund Pilcher
NEIGE EN AVRIL

Jean Rouaud
LE MONDE À PEU PRÈS

Annie Sanerot-Degroote
LE CŒUR EN FLANDRE

Fred Vargas
L'HOMME AUX CERCLES BLEUS

Rose Vincent
VERT EST LE PARADIS

VERT EST LE PARADIS

ROSE VINCENT

éditions en gros caractères
vente par correspondance
Si vous avez aimé ce livre,
pour recevoir notre catalogue
sans engagement de votre part,
envoyez-nous vos nom et adresse

FERYANE

B.P. 314 – 78003 Versailles
Tél. (16-1) 39 50 74 26

ISBN 2-02-026241-X

ISBN 2-84011-172-1

« Je ne sais s'ils ne préféreraient pas la mort du plus cher de leurs amis à celle d'une tulipe ou d'une animonde. »

ANTOINE LE GRAND (1663),
à propos des amateurs de jardins

Merci à Louis-Michel Nourry, docteur ès-lettres, auteur de travaux historiques sur les jardins, qui a bien voulu m'aider de ses conseils.

Prologue

Voilà trois ans déjà que je vis avec Cecilia. Depuis que je l'ai trouvée un soir à Paris, gémissant dans un recoin de mon escalier comme un petit chat perdu.

Cet escalier large, cossu, convient parfaitement à une maison de la rue de l'Université ; un tapis vert pâle tenu par des barres dorées recouvre des marches basses, faciles pour des hôtes mûrissants habitués au confort (j'en fais partie, je l'avoue). A chaque palier, une tapisserie rappelle l'antiquité et le prestige de l'immeuble. Mais sur la gauche s'ouvre une sorte de caverne mal éclairée, d'où trois marches raides conduisent à la porte d'un étroit logis, beaucoup plus modeste que les appartements de façade. Peut-être autrefois le logis d'un maître d'hôtel, je le prétendais par coquetterie. C'est là que, après la disparition d'Olga, victime à cinquante ans des suites de sa déportation, j'avais loué un pied-à-terre. Une bonne adresse, à deux pas du Quai d'Orsay. Et une escale commode pour le nomade que j'étais alors, naviguant entre Paris et la capitale étrangère où j'exerçais mes talents.

Rothengue, dans les landes du Nord, joli poste pour une fin de carrière diplomatique sans éclat, se trouve assez près de Paris pour que l'on puisse y venir commodément en week-end. Une ou deux fois par mois, le vendredi soir, je grimpais avec délices mes trois marches et je faisais tourner Ma clef dans Ma serrure avec une sorte de gourmandise. J'ai toujours aimé la solitude, celle que je choisis. Un morceau de temps dont je suis le seul maître, dans un espace qui m'appartient, si bien peuplé d'objets élus et de fauteuils familiers qu'il semble le prolongement de mon corps. Mes pensées aussi s'y meuvent à l'aise, voletant d'un livre à l'autre, ou d'un souvenir à un projet. Je m'y installe, je m'y enroule, je m'y vautre, chenille heureuse de se lover dans son cocon, et de rassembler ses forces pour le moment du nécessaire envol.

Ce soir-là, un volumineux paquet occupait le fond de la caverne, posé sur la dernière marche. En m'approchant, je distinguai quelque chose de doré où s'accrochait une goutte de lumière, au-dessus d'une masse noire indistincte, peut-être un ballot d'étoffe. Puis le paquet bougea et, bizarrement, renifla.

Je compris que le léger soupir perçu un instant plus tôt pouvait être un hoquet, ou même un sanglot, et je me penchai, intrigué.

« Pardon, dit le paquet d'une voix brouillée. Je vous empêche de passer. »

Passer, je n'y songeais plus. Je regardais se déplier une longue silhouette enveloppée d'une cape noire et surmontée d'une épaisse chevelure blonde. La demi-obscurité enveloppait le mouvement, le rendait irréel, accentuait sa grâce.

L'inconnue secoua la tête pour rejeter ses mèches en arrière, et je détournai les yeux, déçu par le teint rougi et les yeux gonflés. Je suis discret de nature et les femmes qui pleurent m'agacent. Malheureusement, je ne pouvais rentrer chez moi sans la bousculer.

« Puis-je vous aider en quoi que ce soit ? » dis-je sans le vouloir, avec la courtoisie automatique que l'on acquiert dans mon métier.

Grave imprudence : ce mot fit revenir les larmes. Une goutte glissa le long du nez, un joli nez droit, élégant, aux narines vibrantes. Puis une autre goutte, que j'eus sottement la tentation d'essuyer.

« Je ne sais pas... peut-être... merci ! » balbutiait-elle, et je remarquai son léger accent étranger. Allemande ? Suédoise ? Une fille au pair ? J'en doutais : les appartements d'une telle maison ne sont guère accessibles aux jeunes couples encombrés de bébés.

« Mme de Zorga me loue... me louait une chambre. Pour ne pas rester seule. Mais depuis le vol... »

La vieille dame occupe à l'étage audessus l'appartement principal. Le jour de Pâques, ses bijoux avaient disparu. Sa porte n'était donc pas blindée ? Si, et munie d'un verrou de sûreté que le cambrioleur avait dû crocheter bien tranquillement, dans la maison déserte. Du moins fallait-il le supposer, car il n'avait laissé aucune trace, aucun indice. La police ? Découragée d'avance. Elle s'était bornée à un interrogatoire de routine. Depuis, le climat se détériorait de jour en jour. Jusque-là aimable et maternelle, Mme de Zorga se montrait désormais froide et agressivement méfiante, allant jusqu'à fermer à clef l'armoire à linge. Sa locataire-dame de compagnie n'en pouvait plus d'être si visiblement soupçonnée.

A cet endroit, un nouveau gémissement interrompit le flot des paroles. Gêné, je ressentais l'insolite ou plutôt le grotesque de ces confidences sur le palier, mais quelque chose de suppliant, dans les yeux d'eau verte de la jeune femme, m'interdisait de la planter là. Bref, je lui proposai de s'asseoir un instant chez moi, le temps de reprendre ses esprits et de se réconforter avec un doigt de whisky. Elle accepta si vite que j'en fus surpris. Rien en elle ne trahissait une évaporée. Imprudente, peut-être. Ou totalement désemparée. Elle savait qui j'étais, probablement. Comme moi je la soupçonnais déjà de produire les jolis airs de flûte qui s'envolaient souvent de chez ma voisine. Espérant enfin un sourire, je risquai une taquinerie :

« Vous ne craignez pas... que je me conduise mal ?

– Oh non ! Pas du tout ! »

Le sourire attendu m'irrita. Charmant, presque amusé avec une nuance d'excuse, il exprimait une certitude si tranquille que j'en fus piqué au vif. Je me félicite de présenter un aspect respectable, non de passer aux yeux d'une jeune personne pour un inoffensif vieux monsieur. A ce moment précis, je décidai qu'elle finirait dans mon lit. Mon rôle de saint-bernard avait des limites.

Je n'ai aucune vocation à jouer les Don Juan, même si les femmes se montrent pour moi bienveillantes. Olga, qui l'avait remarqué la première et me taquinait sans merci, déclarait irrésistibles mes yeux très bleus sous des cheveux drus très noirs. Sottises ! J'ai beau grisonner depuis que ma femme n'est plus là, et réduire au minimum mes efforts de séduction, les agréables créatures que l'on place à table près de moi continuent à me sourire. Elles m'épargnent le ridicule de chercher, comme le font tant d'autres, une entrée en matière provocante.

Peut-être suis-je incapable de briller, de tenir une de ces conversations à étincelles qui allument les regards des convives et réchauffent le cœur des maîtresses de maison. Mais rien ne vaut l'expérience. J'ai dû figurer, en courant le monde, dans sept à huit cents dîners ou déjeuners. Chaque fois, une femme à ma droite, une à ma gauche, mille cinq cents voisines de table que j'étais chargé d'apprivoiser. En leur parlant d'elles, évidemment. En cela, elles ne sont pas différentes de nous. Un homme aussi aime qu'on parle de lui, rien que de lui, de ses succès et de ses hauts faits, de ses soucis parfois, de ce qu'il a dit et de ce qu'il pense. Quelques femmes le comprennent et en tirent leur stratégie. Parfois, à table, mon regard croise celui d'une de ces fines mouches, occupée au même petit jeu que moi, et nous ne pouvons nous empêcher de rire, comme les haruspices d'autrefois. Cette complicité muette m'a valu quelques précieuses amitiés féminines, dépourvues de toute arrière-pensée.

Que l'on ne s'y trompe pas cependant : je ne cherche aucunement à piéger les femmes que je rencontre et mon intérêt pour leur conversation n'est pas feint. J'apprécie qu'elles aient un bon jugement, mais les plus sottes elles-mêmes réussissent toujours à m'apprendre quelque chose. Je leur dois le peu que je sais sur le dernier roman de Le Clézio et la manière de soigner le rhume des foins, sur les diverses variétés de pommes, sur les opéras de Gershwin, la collection avignonnaise de primitifs, les mérites du Coton de Tulear, chien malgache, et les dégâts des « maths modernes » à l'école. Informations certes bien fragmentaires, comme celles de la télévision, mais j'apprécie qu'elles éveillent parfois mon intérêt, qu'elles me donnent envie de feuilleter certains livres, sans quoi je relirais toujours les mêmes.

J'examinais donc avec amusement mon

invitée. Hollandaise ou plutôt Frisonne, je venais de l'apprendre, et je lui savais gré de me rappeler un pays dont j'avais aimé les vastes étendues parcourues de canaux, où glissent des barques qui de loin paraissent se promener sur la terre. Visiblement bien élevée, ce qui rendait encore plus insolite son désespoir dans un escalier et excitait ma curiosité. Elle respirait un peu vite, encore sous le coup d'une vive émotion. Ses longues mains, ses longs pieds, ses longues jambes fines la faisaient ressembler à une libellule qui aurait replié ses ailes pour se poser, frissonnante, sur mon canapé. Attente ou hésitation, je laissai planer un silence tandis que je préparais les verres. Un peu de calme faciliterait la suite du récit.

« Je me suis fâchée avec Mme de Zorga. Très méchamment. Une véritable scène.

– Cela devait arriver, je suppose ?

– Oui, je crois. Ça devenait irrespirable. Elle m'a ouvertement traitée de voleuse...

– Et vous vous êtes mise en colère !

– Il y avait de quoi ! J'ai bien peur d'avoir crié que je ne supporterais pas cette vieille folle une minute de plus. Qu'elle pouvait faire son thé et compter ses pilules toute seule. Que si elle tombait sans pouvoir se relever, ce serait bien fait. Que même si on la trouvait un jour assassinée, je m'en moquais complètement.

– Elle ne répondait rien ?

– Non. Elle m'examinait de son regard dédaigneux, fixe, un vrai regard de lézard. Il me mettait hors de moi. Finalement, elle a dit : "La porte est juste derrière vous. Trouvez quelqu'un d'autre qui supporte vos gammes assommantes. Et ne revenez jamais." J'étouffais de rage, j'ai claqué la porte aussitôt... »

Un étage plus bas, retrouvant sa respiration, elle avait pris conscience du désastre : ses vêtements, son sac, et même sa flûte, plus précieuse encore, étaient restés chez Mme de Zorga. Elle aurait pu sonner à la porte pour les demander mais une pareille humiliation ne pouvait s'envisager un seul instant.

Dieu me pardonne ! Je me suis mis à rire. La situation m'apparaissait parfaitement saugrenue. Notre concierge quittait sa loge chaque soir à la nuit tombante, le consulat des Pays-Bas venait sûrement de fermer jusqu'au lundi matin. J'avais sur les bras, si j'ose dire, une jeune personne fort convenable, mais sans domicile, sans argent et sans brosse à dents. Une séduisante clocharde. Oui, je me suis mis à rire et elle m'a lancé un regard lourd d'appréhension.

Au restaurant, elle m'a dit son nom : Cecilia van Ozinga. Je me suis répété ce « Cecilia » dix fois avant de m'en servir, goûtant sa molle douceur relevée par le grain de poivre du *a* final. Ce prénom annonçait une fausse ingénuité, une fraîcheur traversée d'orages. J'étais résolu à ne pas me laisser prendre, sans pour autant changer ma décision : la belle serait à moi. Plus tard, pas aujourd'hui : je n'aurais pas la goujaterie de profiter de son désarroi, de réclamer le paiement de mon hospitalité. Du reste, une femme à qui l'on ne demande rien se donne plus aisément. Je la conduisis paternellement à un hôtel correct.

Le lendemain, je l'ai emmenée déjeuner à Chantilly, laissant à la concierge la mission de récupérer la valise de Cecilia. A travers les banalités d'usage, je tentais de la déchiffrer. Elle avait eu des amants, j'en étais certain, et j'aurais juré qu'ils l'avaient déçue. Elle ne semblait pas regretter ses confidences de la veille. Pourtant, revenue au calme, elle m'apparaissait réservée, presque secrète, un de ces êtres dans lesquels le feu couve longtemps, ignoré, avant d'éclater en violent incendie. Elle évoqua de bonne grâce son enfance : le manoir familial, les deux petits frères, la musique de chambre au cours des trop longues soirées d'hiver, les voiles éclatantes sur les lacs gris, les rubans gelés des canaux où se défient les patineurs... Et plus tard l'ennui, le besoin d'évasion, le désir d'entendre autre chose que les chœurs provinciaux de Leewarden. Elle était venue à Paris pour travailler la flûte avec les meilleurs maîtres, dans l'espoir d'être admise au Conservatoire européen que l'on venait de créer. Sa quête de liberté lui avait révélé la solitude des dimanches parisiens. Une ville trop grande, inhumaine... Il y avait comme une lumière dans ses yeux fixés sur moi. Un espoir, ou un appel.

L'aventure était programmée sans lendemain, ou plutôt sans surlendemain, puisque je devais repartir pour Rothengue. Je ne sais quel diable me souffla l'idée de laisser la jeune femme dans mon appartement vide, le temps de trouver un nouveau logis. Elle riait, chantonnait, jouait des passacailles sur sa flûte retrouvée, en un mot, semblait heureuse, piège mortel pour un homme de mon âge. Je la laissai, sans songer qu'elle ouvrirait sa maudite valise et rangerait son linge dans un de mes tiroirs. Et que je la retrouverais à mon prochain passage.

« Je n'ai rien visité de convenable, me dit-elle au téléphone. Seulement des chambres affreuses au septième étage sans ascenseur. Et les gens qui prennent des jeunes filles au pair ne supportent pas la musique. » Rien qu'au son de sa voix, je sus qu'elle était coupable et n'avait pas cherché.

L'onde de joie qui me submergea aussitôt, je ne l'avais pas prévue. Pas plus que la frénésie avec laquelle elle se jeta dans mes bras quand j'ouvris ma porte. Un peu plus tard, dans la salle de bains, j'examinai mon image avec surprise, curiosité et un rien de fatuité. Mon nez ne bourgeonne pas, mes cheveux gris se raréfient à peine, mes joues sentent bon l'Eau sauvage. Est-ce assez pour La mériter ? Je n'ai pas besoin d'un psychanalyste pour comprendre qu'elle veut un père autant qu'un amant. C'est comme ça. Je l'accepte.

Je ne me lasse pas de Cecilia. Jamais elle ne m'a demandé de l'épouser et je suis trop sage, ou trop vieux, pour m'y décider. Pourtant, nous acceptons tous deux : elle, de s'enfermer dans une retraite champêtre avec un homme qui a presque trois fois son âge ; et moi, de réduire ma vie sociale à sa compagnie. Parfois, je m'effraie de tant recevoir d'elle ; il m'arrive de songer que mon égoïsme la prive peut-être d'une carrière musicale, et sûrement des enfants auxquels elle devrait avoir droit. Mes remords s'enfuient vite devant sa joyeuse insouciance. J'aime ses seins ronds et sa taille étroite, elle est ma libellule, que je regarde avec ravissement voleter d'un buisson à l'autre. Mes heures prennent la couleur de ses émotions changeantes. Elle parvient à m'intéresser à ce qui l'enthousiasme, elle m'empêche d'osciller entre le regret du passé et l'appréhension de l'avenir. Quand elle saute hors du lit, toute à l'impatiente allégresse de vivre une nouvelle journée, je suis bien près de la croire une gracieuse messagère envoyée par les dieux pour me rappeler la splendeur du présent.

PREMIÈRE PARTIE

Le laurier de Sauveplane

« A thing of beauty is a joy for ever. »

KEATS

1

Est-ce moi qui ai choisi la maison ? J'ai tenté longtemps de le croire mais je suis maintenant certain que j'ai seulement exaucé le vœu secret de Cecilia. Sa docilité feinte dissimulait un violent désir de vivre dans ce lieu perdu. Comment pourrais-je expliquer autrement qu'elle y semble si heureuse, comme si son enfance dans un polder humide n'avait été qu'une longue attente de soleil, de montagne, de rochers cachés sous les chênes verts ?

Cecilia n'a jamais aimé Paris. Pendant l'année qui a précédé ma mise à la retraite, quand j'arrivais de Rothengue dans mon logis de la rue de l'Université, je la sentais fiévreuse, impatiente. Elle m'attendait assise par terre au milieu de ses livres et de ses papiers, l'air perdu, les mèches défaites, mâchonnant son crayon comme une petite fille punie, ou bien debout à son pupitre, égrenant sur sa flûte la fine et déchirante mélodie d'un thème de Vivaldi. Toujours seule, fanée, une plante qui manque d'eau. Elle montrait peu de goût pour les réunions d'étudiants : je décelais dans sa manière de fuir les groupes nombreux la timidité due à une enfance trop retirée. Ses leçons de musique l'intéressaient davantage, pourtant, elle me semblait préparer son admission au Conservatoire européen avec une conviction modérée. Comme si ce travail occupait son temps sans remplir sa vie. Qu'elle ne fût pas acceptée finalement ne me surprit guère.

Mon amour-propre était flatté de la voir refleurir à chacun de mes retours. Après que j'eus quitté mon poste, ma présence constante allait sans doute la transformer en un buisson de roses. Pas pour longtemps, si nous nous obstinions à vivre deux dans un si petit espace. Le soir où je tentai d'en parler à Cecilia, elle vautrée sur le canapé, jambes repliées, moi jouant avec ses cheveux, elle m'interrompit tout de suite :

« Je dois partir, n'est-ce pas ? C'est ça ? »

Aucune trace de supplication dans sa voix, mais je percevais sous mes doigts le raidissement de tout son corps. Ce courage muet me fit, plus que des pleurs, sentir que je tenais à elle et je le lui dis, pour la première fois. Le rougeoiement de bonheur qui suivit m'empêcha de penser que mes ressources, désormais modestes, ne nous permettaient guère un logis plus vaste dans un quartier jugé décent pour un diplomate.

J'y réfléchis le lendemain. C'était Paris ou Cecilia. Après tout, on peut jouer de la flûte hors de la capitale, et vivre en province me convenait. A Paris, certes, un ambassadeur à la retraite peut espérer une consolation : quelque fonction dérisoire qui lui permettra, au mieux, de garder une secrétaire, indice reconnu de pouvoir, et de pousser de temps en temps la porte d'un ministre. Ou bien, plus juteux, quelque conseil d'administration où il jouera le rôle prestigieux d'une potiche, qu'on exhibe comme un objet de musée. Ces simulacres ne me tentaient pas. Je me promettais une vie délicieuse de gentilhomme campagnard, vouée sans doute à l'adoration de Cecilia, mais surtout à la lecture et à l'organisation de ma bibliothèque.

On prétend que le choc de la retraite rend beaucoup d'hommes dépressifs. La recherche d'une maison me sauva pour un temps du marasme. Visiter, comparer, discuter, décider, voilà qui donnait un sens aux journées. Savions-nous seulement ce que nous souhaitions ? Un raisonnement sommaire nous avait conduits vers le Rhône, là où s'arrêtent les trains-éclairs venus de Paris, là où les courbes du climat méditerranéen remontent vers le nord en bosse de chameau. Les Préalpes voisines, ou le rebord des Cévennes, ne devaient pas manquer de pentes ensoleillées, à l'abri des caprices glacés du mistral qui balaie la vallée. Au-delà, nos désirs restaient vagues, et leur imprécision décourageait les agents immobiliers. Ils nous montraient n'importe quoi, Cecilia faisait la moue, je m'obligeais à discuter avant de dire non, et les malheureux s'arrachaient les cheveux. Ils tentaient de nous comprendre, sans aucun succès. L'achat d'une maison, c'est un mariage d'amour. Nous attendions le coup de foudre.

L'un d'eux au nom prédestiné de Bastide nous emmena un jour tout au bout d'une sente charretière à demi enfouie entre des chênes verts et des broussailles. Elle conduisait à une bâtisse abandonnée, une sorte de ferme fortifiée à laquelle une grosse tour ronde donnait de la dignité. Une immense cheminée en pierre sauvait de la désolation un salon peint d'un ocre pisseux, encombré de meubles cassés. Au-dehors, le spectacle semblait encore plus décourageant. Un fouillis de branches mortes interdisait l'accès d'un petit bois. Plus bas, orties et chardons escaladaient un haut talus pierreux qui dominait un pré en pente étoilé de taupinières. S'il y avait eu autrefois un jardin, on l'avait sans doute oublié pendant un siècle et seuls en témoignaient quelques touffes de lauriers et de buis centenaires, et des bouts de murets envahis de ronces géantes. Un palais de Belle au Bois dormant.

Je guettais la moue habituelle de Cecilia mais elle détournait la tête. Son regard glissait le long du pré jusqu'à une ligne d'épais buissons au pied d'un mur de rochers.

« La rivière, expliqua Bastide. Elle limite le terrain. »

La rivière se réduisait à un filet d'eau courant sur des roches plates entre des mares grouillantes de têtards. Un sentier plongeait dans un maquis d'arbousiers, de ronces, de genévriers piquants et d'ajoncs meurtriers. « Nous aurions besoin d'une machette », grommelais-je en m'accrochant partout, tandis que Cecilia se glissait entre les épines avec une souplesse de couleuvre. Assez vite, le chemin déboucha sur la lumière, et le même « Ah ! » de surprise nous échappa. Une paroi rocheuse barrait le passage ; une menue cascade s'en échappait par une fente et se déversait dans une nappe d'eau verte parfaitement ronde, qu'on eût dit conçue pour les jeux et les baignades d'une troupe de lutins.

« L'étang appartient à la ferme ? » demandai-je à Bastide qui haussa les épaules.

« Je ne sais pas. C'est un "gour". Il ne sert

à rien et ne rapporte rien. L'eau se retire lors des sécheresses. Le peu de terre alentour n'est pas cultivable. S'il vous intéresse, vous pouvez sûrement l'avoir.

– Oh oui ! » cria Cecilia qui rougit aussitôt et se mordit les lèvres comme si donner son avis était coupable ou incongru. Je souris sans y attacher d'attention, l'étang m'importait peu, mon esprit restait occupé par le souvenir de la tour ronde. Une fois débarrassée des débris qui l'obstruaient, quel asile elle offrirait pour une rctraite studieuse ! Je me demande depuis longtemps pourquoi les formes arrondies, dans les habitations, exercent sur les hommes une si puissante attraction : le *bow-window* qui donne du charme au salon, les niches, l'alcôve où l'on croit dormir mieux qu'ailleurs. Une pièce ronde évoque peut-être pour son occupant l'idée d'un bonheur sans nuages, celui de l'enfant dans l'utérus ou de la chrysalide dans son cocon.

« Merci », dit simplement Cecilia quand j'eus signé les papiers préparés par Bastide. Seule la vibration de sa voix trahissait sa joie.

Son enthousiasme devait être contagieux, puisque les artisans locaux se laissèrent persuader de rendre la maison habitable en quelques mois. La bergerie nettoyée servit de garage, la chaudière neuve montra de la bonne volonté. Cecilia maniait alternativement le balai et l'aiguille avec une dextérité qui forçait mon admiration. Ses doigts, habitués à caresser délicatement les touches de sa flûte, se montraient tout aussi habiles à des tâches plus grossières. Un renfoncement poussiéreux se para d'un bleu céleste, des rideaux apparurent devant les fenêtres. Je devinais qu'elle y mettait un vrai point d'honneur. La même fierté ombrageuse qui l'obligeait à ne jamais discuter mes décisions et à dépenser pour le ménage, malgré mes protestations, la maigre pension reçue de son père, la poussaient aussi à m'offrir le plaisir d'une maison agréable. Pour ne pas être en reste, je m'évertuais à planter des clous, art que je n'avais guère pratiqué depuis mes années d'étudiant. La maison nous transformait, bon gré mal gré, en couple traditionnel. « Un vieux ménage de petits-bourgeois », nous moquions-nous parfois, saisis de fous rires. Notre application dura toute une saison. Mais quand vint le soleil d'été, ma Frisonne avait déjà repris les interminables gammes qui l'occupaient plusieurs heures par jour. Et je pouvais consacrer mon temps et mes pensées à la bibliothèque dont j'avais si longtemps rêvé.

Ravi de l'aubaine, le menuisier de Villeneuve-sur-Colzac me confectionna sans trop rechigner cent mètres de rayonnages courbes et j'éprouvai une véritable délectation à ouvrir mes caisses, à caresser mes livres, à les disposer en ordre. Fallait-il adopter un classement rationnel, par auteur ou par sujet, ou un classement esthétique qui tînt compte des formats et des reliures ? J'hésitai longtemps, j'en discutai avec Cecilia qui ne pouvait retenir de petits rires à voir mon front plissé par ce terrible souci. Elle avait tort de se moquer : de mon rangement dépendait en partie le bonheur que je me promettais pour les années à venir. J'aurais aimé lui faire partager l'intense jubilation que je ressentais à découvrir au fond d'une caisse un volume égaré depuis longtemps, ou encore un ouvrage tentant que pourtant je n'avais jamais eu le temps de lire, à renifler son odeur, à lisser d'un doigt sa couverture, à l'ouvrir au hasard pour en déguster quelques lignes – et, finalement, à lui chercher sur les rayons une place où il se sente bien et où je puisse le retrouver à mon gré.

Peu à peu, la pièce que je m'étais choisie, en haut de la tour ronde, devenait une grotte aux parois couvertes de livres, un antre secret propre au plaisir comme à la méditation. J'avais placé à portée de main tous les livres que j'avais aimés dans ma vie déjà longue ; chacun, sous sa mince couverture de papier blanc qui menaçait de s'effriter aux angles, avait été le témoin d'une excitation, ou d'une émotion dont le souvenir restait vivace ; certains avaient marqué ma vie, qui avait grâce à ma lecture pris un tournant abrupt. Parfois, l'un d'eux portait une dédicace d'un auteur ami. Rien qu'à le toucher, je revivais le moment où, rencontré par hasard devant le portail de Notre-Dame, l'écrivain m'avait parlé de son manuscrit, et je revoyais le pétillement de ses yeux et le frémissement ironique de ses narines le jour où, plus tard, je lui en avais fait un compliment dont il n'était pas dupe.

Cecilia ne pouvait partager l'intimité de ces souvenirs, mais je me faisais une joie à l'idée de l'entraîner vers des lectures nouvelles, que nous commenterions ensemble. Je suppose qu'un Pygmalion dort en chacun de nous ; en tout cas, je restais assez lucide pour déceler en moi ce vieux rêve et pour m'en moquer. En vain : les rêves ne se laissent pas si aisément étouffer. J'achetai pour mon antre deux fauteuils, larges, confortables, dépourvus pourtant de ces coussins épais et mous qui invitent au sommeil, des fauteuils qui venaient tout droit d'un siècle où l'on aimait la lecture. On les hissa à grand-peine dans l'escalier étroit de la tour et ils attendirent avec dignité les amateurs de livres. Leur patine ancienne s'accordait à ravir avec l'or fané et les reflets sombres des reliures. J'étais content de moi.

« Ils sont superbes », commenta Cecilia, et j'aurais préféré qu'elle dise « tentants, accueillants ».

Les mois passèrent et son fauteuil garda sa fraîcheur. Elle s'y attardait rarement plus de quelques minutes, pas plus qu'un insecte sur une feuille de nénuphar. Elle montait l'escalier dix fois par jour pour m'apporter un fruit ou une tasse de thé, pour me surprendre en posant ses mains sur mes yeux, ou pour rien. Toujours gaie, les cheveux au vent, la démarche légère. Mais de lecture, peu.

A l'heure pourtant favorable de la sieste, elle disparaissait dans les profondeurs de la maison. Elle voulait m'épargner – mais il suffisait d'entrouvrir ma porte pour entendre – les arcs-en-ciel de sons suraigus produits par ses exercices de flûte. Tout le reste du temps, elle se conduisait en vraie campagnarde, heureuse d'ouvrir sa maison à tous les effluves du dehors, de bavarder avec la boulangère et de promener son chien dans la forêt. Elle avait voulu un chien, dont j'étais un peu jaloux. Chaque jour, après le thé qu'elle s'obstinait à m'apporter dans mon perchoir et que nous prenions ensemble, nous retrouvions à peu près le même dialogue.

« Je vais faire un tour avec Wanda. Tu ne veux pas m'accompagner ? » Il y avait des variantes, « cela te ferait du bien » ou encore « il a plu cette nuit, la terre sent bon », mais le sens ne changeait pas, pas plus que mon éternelle réticence :

« J'ai encore quelques papiers à classer. Demain, sans faute.

– Toujours demain ! Il fait beau.

– Reste plutôt ici. Tiens, j'ai reçu le *Tribune...* »

Elle était déjà au milieu de l'escalier.

Plus tard, des aboiements excités m'attiraient vers la fenêtre. Je les apercevais toutes deux, en bas du pré, le long de la bordure de saules. Wanda, d'humeur toujours folâtre, mordait un bâton, courait après un caillou, ou se roulait avec délices dans l'herbe fraîche, et Cecilia se roulait aussi, la taquinait, jouait à la retenir de force. Leurs cris de joie montaient jusqu'à moi et j'en étais humilié. Ces gamineries me faisaient sentir mon âge.

J'avais fui Paris en grande partie pour l'oublier. Pour ne plus rencontrer ces « amis » qui avaient cessé de m'inviter parce que j'avais cessé de leur être utile. Pour ne plus voir ces palais de la République qui m'avaient été si familiers et qui m'étaient devenus inaccessibles. Pour ne pas savoir que, si l'on me reconnaissait encore le droit de vivre, c'était sur le bas-côté de la route, à regarder courir les autres. La campagne se montrait plus clémente, ne clamait pas son rejet. Le temps n'y suivait pas une ligne droite inexorable, il tournait en rond, déroulant une saison après l'autre. Les cerises et les pêches mûrissaient toujours aux mêmes dates et dans le même ordre. Les buissons reverdissaient. Les rochers, immuables, peut-être éternels, me rassuraient.

Derrière chaque nuage se cachait le soleil prêt à réapparaître, derrière chaque feuille jaunissante était tapi le futur bourgeon qui crèverait l'écorce au printemps. La présence lumineuse de Cecilia s'accordait avec cette perpétuelle espérance. Inconsciemment – mais je m'en rendais compte dans mes instants de lucidité – j'avais voulu lui emprunter sa jeunesse. Vivre à son rythme, c'était mon renouveau à moi.

Je m'étais trompé. Et maintenant, debout à ma fenêtre en regardant Cecilia courir dans le pré, je ricanais intérieurement de ma stupidité. Comment n'avais-je pas prévu que chacun de ses gestes me serait un défi, que l'orgueil de posséder son corps glorieux ne me consolerait nullement des défaites de mon propre corps ? Je détournais les yeux quand elle grimpait l'escalier quatre à quatre ; je tendais humblement le panier pour y recevoir les cerises qu'elle jetait du haut de l'arbre ; je souffrais quand elle me donnait gentiment mes lunettes, sans lesquelles je ne pouvais plus déchiffrer le journal. Chacun de ses ébats, admirés du haut de mon perchoir avec une envie mêlée de honte, réveillait une irritation de mes paupières ou un rhumatisme sournois à l'articulation de l'épaule, ou une autre de ces menues douleurs qui sont signes d'usure, et que je ne lui aurais avouées pour rien au monde.

Il arrivait pourtant qu'elle réussît à m'entraîner dans une promenade. Elle avait découvert un minuscule mazot en ruine, dans un bois de chênes verts presque au sommet de la colline. Les gens du village prétendaient apercevoir parfois, au détour d'un chemin, un homme barbu, doux et déguenillé, qui y vivait en ermite. Cecilia le croyait, elle avait vu les traces d'un feu dans la cahute, elle s'acharnait à tenter une rencontre et je préférais l'accompagner par prudence. Nous devions monter par un chemin de chèvres, sans doute le lit à sec d'un de ces torrents éphémères qui dévalent la pente après un violent orage. Je m'essoufflais, voulais le cacher et je m'arrêtais pour admirer hypocritement la délicatesse d'un ciste ou pour suivre des yeux une colonne de fourmis au travail. Cecilia ne protestait pas. Elle m'attendait avec la patience d'une mère pour les caprices d'un enfant. Il m'arrivait de trouver nos rapports passablement ambigus.

Elle me ramenait à la maison – oui, c'est bien le mot, car je la suivais docilement au bout d'une laisse invisible –, m'installait devant le tas de papiers sur ma table, me donnait un léger baiser et s'enfuyait pour aller, selon la saison, récolter des prunes vertes ou guetter les premiers bourgeons des aulnes. Je pouvais comme autrefois savourer ma solitude, mais je n'y trouvais plus le même plaisir. Une légère mélancolie voilait maintenant mes activités studieuses, comme si je n'étais plus aussi certain de les avoir choisies.

Venait le soir. Un remue-ménage familier

dans la cuisine m'attirait hors de mon antre. Cecilia, rose, échevelée, se penchait sur l'un de ces étranges brouets qu'elle me servait, accompagné de tranches de fromage sur du pain noir.

« Ou... ouh ! soupirait-elle. Je suis encore en retard. Mais c'est presque prêt. »

Je coupais le pain, ouvrais la bouteille, posais sur la table la salière qu'elle avait une fois de plus oubliée. Elle feignait la contrition :

« Je suis très mauvaise... comment dites-vous ? "le tête en l'air" ? »

Feinte aussi, son hésitation : son vocabulaire français défie la critique. Elle joue ce petit jeu chaque fois qu'elle sent venir un reproche, sûre de me désarmer à l'instant.

Nous dînions l'été sous le micocoulier. Nous le faisons encore et nous restons tous deux fidèles aux rites d'après dîner. Je vais chercher deux petits verres et le bocal de griottes à l'eau-de-vie, que nous savourons sans parler, enfouis dans les coussins de nos grands fauteuils de jardin. La terre encore chaude embaume le romarin et l'herbe sèche. Nous écoutons dans le soir la rumeur assourdissante des grillons. Ou d'autres créatures vivantes, dont on distingue peu à peu les musiques variées : crincrins d'insectes sur deux rythmes différents, coassements intermittents, vibrants appels d'oiseaux. La lumière devient cendreuse, et une grosse lune jaune monte derrière les branches des pins.

Ma main cherche dans l'ombre celle de Cecilia, douce, chaude, abandonnée comme un petit animal en quête de caresse. Pour un moment, nous sommes à l'unisson. Demain n'existe pas. Les dieux qui nous envoient la nuit nous octroient en même temps une goutte de bonheur. Et assez de sagesse pour ne rien demander de plus.

2

« Elle s'ennuiera », m'avaient assuré les rares amis qui connaissaient Cecilia, et s'inquiétaient de la voir à vingt-cinq ans renoncer aux plaisirs des grandes villes. Moi-même, dans les premiers mois, je l'observais avec appréhension, conscient de l'étrangeté de notre couple et de l'injustice que représentait ce cadeau du destin. Je n'avais rien accompli qui méritât ma chance. Anxieusement, je tentais d'éprouver Cecilia.

« Je me plais partout où tu es », répétait-elle.

Et un jour, elle ajouta à voix presque basse :

« Je ne sais pas aimer à moitié. »

Ainsi se révélait-elle un volcan de passion sous l'eau tranquille d'un lac, et je craignais parfois de vivre dangereusement, comme ces hommes qui s'obstinent à habiter les pentes de l'Etna. Ces montagnes-là s'éveillent quelquefois, et crachent du feu. Pourtant, aucune éruption ne s'est produite et, peu à peu, je me suis rassuré, au point d'oublier mes craintes. Aucune inégalité dans l'humeur de Cecilia. La télévision, la musique qu'elle me joue sur sa flûte, nos rares soirées au théâtre d'Orange ou au festival d'Avignon, les escapades parisiennes que je me crois obligé de lui proposer pour retrouver son professeur de musique, et surtout rompre la monotonie de notre vie retirée, paraissent la combler. Elle ne se plaint pas et ne demande jamais rien. Les caprices lui sont complètement étrangers. Une telle sérénité – que certains baptisent peut-être flegme nordique – me pousse parfois à me demander si elle n'appartient pas à un autre monde où évoluent des créatures de bandes dessinées, dépourvues de chair et de sang. J'ai alors besoin de la prendre dans mes bras pour m'assurer qu'elle est bien vivante et chaude.

Je jurerais qu'elle ne s'ennuie pas, en dépit de notre isolement qu'elle ne cherche pas plus que moi à rompre. Mus par une légère curiosité, les notables du voisinage ont, dans les premiers mois, tenté une prudente prise de contact. La comtesse de Saint-Andoche, qui habite de l'autre côté de la vallée, m'a même invité à une garden-party. Seul. Mais j'ai amené Cecilia, pour une fois peignée et en jupe rose.

« Comme vous avez bien fait, mon cher ambassadeur, a minaudé la vieille dame, d'accompagner cette charmante jeune femme ! Mademoiselle... euh... Ossinge, oui, naturellement ! De passage pour quelques jours, sans doute ?

– Mlle van Ozinga vit à Sauveplane, ai-je dit fermement.

– Oui, oui, naturellement... une propriété charmante... Mais je vois que vous n'avez rien à boire... » Elle nous entraîna vers le buffet et fit remplir deux coupes de champagne. Quand nous nous sommes retournés, elle avait disparu, nous laissant en tête à tête avec les petits fours. Nous n'avions été présentés à personne, le message ne pouvait être plus clair. La province n'est pas Paris. Les petits-enfants de Mme de Saint-Andoche vivent probablement en dehors des normes bourgeoises, mais ce sont folies de jeunesse, à la mode du temps, en attendant le beau mariage dûment approuvé par l'Association de la noblesse française. J'ai passé l'âge de jeter ma gourme et je n'ai aucune indulgence à attendre. On ne nous invite pas : les situations irrégulières compliquent les plans de table. Et ma Frisonne ne supporte pas plus que moi de voir les sourires se figer à son approche.

Elle préfère, je le sens, la simple cordialité des villageois. Quelques semaines lui ont suffi pour conquérir l'amitié des habitants de la ferme voisine, bien cachée derrière une rangée de cyprès et une épaisse haie de coudriers. Presque chaque jour, elle y passe un moment. Non qu'elle s'y approvisionne : depuis longtemps la fermière n'élève plus ni poules ni vaches, et laisse son mari soigner seul ses abricotiers et ses tournesols. Elle tient les comptes et tricote ; Cecilia lui enseigne l'art très hollandais de broder des bateaux, des tulipes et des alphabets sur une grosse toile pour en faire des tableaux à suspendre au mur. Les deux garçons de douze et treize ans, qui vont au collège de Villeneuve, quémandent de l'aide pour leurs devoirs d'anglais ou d'allemand. Ces menues occupations créent une atmosphère heureuse, qui ne doit pas nous faire illusion : nous restons des objets de curiosité.

« Alors, ça se passe bien, ces congés ? » demande chaque matin l'épicière quand Cecilia descend de sa bicyclette. Nous avons beau habiter Sauveplane depuis près de deux ans, sans jamais nous absenter plus de quelques semaines, nous sommes pour toujours des étrangers en vacances. Sympathiques peut-être, mais enfin, nous laissons nos volets ouverts même l'été, nous mettons dans nos sauces plus de crème que de tomate et nous n'avons pas suivi la longue agonie de la tante Hortense, qu'on promenait paralysée dans une petite voiture. On nous cache sûrement les secrets de famille. Peu importe : nous nous contentons de simples plaisanteries, de commentaires sur la fête votive, d'une bienveillance, qui au long des mois virera peut-être à l'amitié. Si le besoin s'en fait ressentir, ce qui n'est nullement certain. Pour ma part, je m'enferme de plus en plus dans l'espace privilégié de ma bibliothèque. Je lis, j'écris, je vis en compagnie de mes paperasses. J'ai perdu l'enthousiasme des premiers jours, et adopté un mode de vie paisible, dont je nie la monotonie et vante, au contraire, la sérénité.

Rien n'aurait changé dans notre existence si je n'avais vu, un matin d'avril, le vieux Joseph se colleter avec un laurier géant. Je serais encore devant mon bureau, à empiler des liasses de papiers inutiles dans des cartons défraîchis. De temps en temps, j'étendrais un bras distrait vers l'une des rangées de livres décolorés par le soleil d'été, et menacés malgré les efforts de Mme Fabre par une poussière sournoise. J'extrairais une reliure fatiguée, je soufflerais avec précaution sur la tranche ; puis je chercherais entre les feuillets déjà piqués de rouille quelque réflexion d'un sage d'autrefois qui m'aide à trouver un sens à cette absurde existence.

Ce matin-là – je me souviens, le soleil

jouait derrière les carreaux et *Les Cahiers de Malte Laurids Brigge,* savourés pour la troisième fois, commençaient à m'ennuyer – un cliquetis obstiné venu du dehors dérangeait ma lecture. J'ouvris la fenêtre et une odeur entêtante m'assaillit, iris et lilas mêlés, sur fond d'herbe encore humide de rosée. La fraîcheur de l'air me surprit : une fraîcheur qui n'avait plus rien de piquant ni d'agressif comme celle des semaines passées, amicale, joyeuse, l'annonce d'une journée dorée où la vigne vierge allongerait ses vrilles sur le mur tiède.

Le « clic ! clic ! » régulier que j'avais entendu ponctuait cette gaîté avec insistance. Frais lui aussi, net, rythmé. Sa proximité ne détruisait pas, mais faisait reculer dans le lointain, le silence des collines vertes qui moutonnaient jusqu'à l'horizon. J'aimais ce silence, je l'avais choisi quand il m'avait fallu quitter la vie active. Après tant d'allées et venues d'un bout à l'autre de la planète, il m'entourait comme un cocon de douceur, il tenait à distance le monde de flonflons et de bavardages dans lequel j'avais gaspillé tant d'heures de ma vie, ce monde qui m'avait écarté comme trop âgé et que j'avais décidé de rejeter à mon tour.

Agacé, je descendis de mon antre, bien décidé à quereller ma compagne, sûrement responsable de ce bruit intempestif. Mais je trouvai le rez-de-chaussée désert. Cecilia devait pédaler sur le chemin du village jusqu'à la boulangerie ; quant à Mme Fabre, elle n'arrivait jamais avant dix heures. Du pas de la porte, je vis au-delà d'un buisson bouger la tête d'un arbuste, je m'avançai et me trouvai nez à nez avec Joseph.

Joseph, le père de notre voisin agriculteur, approche de quatre-vingts ans. Il arbore une impressionnante moustache gauloise, dont il trempe volontiers quelques poils dans un verre de tord-boyaux. Parce qu'avec sa famille nous sommes les seuls sur ce flanc de colline, il nous a pris sous sa protection. Je crois que ce vieux pendard a un faible pour Cecilia : il aime sa jeunesse, sa blondeur, son sourire accueillant, son application à s'informer sur la végétation qui nous entoure. En tout cas, je le trouve souvent attablé dans la cuisine, sirotant un pastis et discourant du soleil et du vent, ou des abeilles, ou de la récolte d'abricots, tandis que Cecilia roule sa pâte à tarte. Mais je ne suis pas jaloux ! J'admire seulement, une fois de plus, le talent de la jeune femme, qui a su se faire accepter par tous. Elle, pas moi. C'est elle qui arrive à mobiliser les artisans, elle qui a convaincu la précieuse Mme Fabre de monter tous les jours du village pour tenir notre ménage. Le chien, un bas-rouge exubérant et affectueux, l'y a sans doute aidée. Mais plus encore son léger accent nordique, bien différent du « parler pointu » parisien. Pour les gens d'ici, la plus haïssable des tares est de venir de Paris, ville prétentieuse et jalousée. Des étrangers, ils se méfient seulement, et parfois, ils se laissent amadouer.

Joseph brandissait une énorme cisaille et coupait des bouts de branches sur le laurier ventru qui occupe presque tout le mur de l'ancienne bergerie. Les feuilles tombées dessinaient déjà un halo vert à ses pieds. Je trouvai étranges ses mimiques : tantôt il se hissait sur la pointe des pieds, pour atteindre tout en haut quelque pousse invisible, tantôt il se pliait en accordéon pour une série de « clic ! » vigoureux au ras du sol, tantôt il penchait la tête de côté, suivant du regard quelque ligne mystérieuse, et de la main gauche, maintenait sur ses mèches grises un chapeau de paille qui avait vu des jours meilleurs. Il s'arrêta juste assez longtemps pour me saluer d'un grognement amical. Puis, comme je m'attardais, examinant sa gymnastique d'un œil qu'il crut désapprobateur :

« Dans même pas un mois, il aurait empêché d'ouvrir le portail ! », dit-il en manière d'explication ou d'excuse.

C'était vrai, je l'avais remarqué, sans pourtant prendre la peine de m'en occuper. Du reste, je ne m'occupais plus de rien, pas même de promener le chien. Je me tenais toute la journée là-haut, dans mon perchoir pompeusement baptisé bibliothèque. J'avais entrepris de classer la collection de dépêches que j'avais peaufinées pendant quarante ans de vie diplomatique et illégalement conservées : travail inutile, je savais bien qu'elles n'étaient pas promises à l'immortalité – mais prétexte à patauger dans les souvenirs et les regrets. Prétexte, aussi, à terroriser Mme Fabre en la menaçant de mes foudres chaque fois qu'elle s'approchait de ma table, armée d'un chiffon. Prétexte, enfin, à impressionner Cecilia qui manifestait un respect infini, probablement affecté, pour mes paperasses. J'avais trop longtemps dirigé une ambassade pour n'y pas prendre goût, et je me singeais moi-même en feignant l'autorité. On règne sur ce qu'on peut.

Joseph, à vrai dire, m'échappe. Il a ses idées bien arrêtées sur le travail de la terre. Autrefois maître de la ferme, il en a, à la mort de sa femme, cédé la responsabilité à son fils. Grave imprudence ! Le fils a modernisé l'exploitation, adopté de nouvelles techniques. Quand il a acheté un énorme tracteur au grondement effrayant, qui fait penser à un monstre préhistorique, il a voulu rester seul à le conduire. Le père humilié a protesté, et la querelle entre les deux hommes a failli ébranler la colline. Depuis, Joseph boude et refuse de travailler à la ferme. Ses loisirs l'embarrassent et il vient « m'aider », non sans une condescendance marquée. Je n'aime pas du tout le rapide éclair qui anime son œil et frise sa moustache, quand parfois je lui confie une tâche en des termes qui révèlent mon irrémédiable incompétence. Alors, j'ai peine à contenir ma secrète irritation. Ce vieil imbécile se croit malin parce qu'il sait sur la campagne, les plantes, les insectes, les outils, mille détails que j'ignore. Mais je pourrais les apprendre, si je voulais ! Je suis capable de planter un clou sans me taper sur les doigts et de pousser une brouette pleine sans la renverser.

En réalité, à part les moments où ses airs m'agacent, j'ai le plus grand respect pour le savoir-faire de Joseph et, le jour où je le surpris en train de tondre le laurier, je me tus prudemment comme à mon habitude. Non sans peine : délaissant un moment sa cisaille pour un outil à la forme contournée, rusée et menaçante, il se mit soudain à supprimer avec une énergie barbare de longues pousses feuillues qui s'étalaient à la hauteur de son épaule ; des moignons dénudés, ligneux apparurent çà et là. Il massacrait l'arbre, visiblement. « Il ne ferait pas ça chez lui, pensai-je avec une amertume injuste. Je suis sûr qu'il aurait suffi de couper l'unique branche qui menaçait la porte.

Cecilia qui aime les arbres à la folie ne le lui pardonnera pas. »

Lâchement, je scrutais le sentier, espérant en vain voir apparaître la bicyclette entre deux chênes verts. Du temps passa, le soleil montait et me chauffait le dos. Peut-être est-ce lui qui me donna le courage d'émettre une timide protestation que Joseph accueillit avec un gloussement bon enfant :

« Ne vous en faites pas ! Il était trop clair au milieu ! Il repoussera plus beau ! » dit-il sur le ton qu'on prend pour rassurer un marmot. « Il n'avait plus de forme », ajouta-t-il en produisant un dernier « clic ! » vainqueur. Puis il fit quatre pas en arrière pour examiner son œuvre, et j'en fis autant presque malgré moi.

La lumière du matin ruisselait sur le mur de la bergerie, et sur le laurier amaigri. L'arbuste s'élançait comme une flamme, sa pointe touchant presque le bord du toit. Le désordre anarchique de branches auquel j'étais habitué avait fait place à une régularité qui suggérait la solidité et le calme. La silhouette, juste assez fine pour avoir de la grâce, juste assez large pour garder de la dignité, se détachait sur l'ocre rose de la vieille façade dans une parfaite harmonie de proportions. J'étais stupéfait. Ahuri. Déconcerté. Et, finalement, enthousiasmé. Avec une sûreté de main que je n'aurais pu soupçonner, Joseph avait, d'un arbre sauvage et un peu fou, fait une œuvre d'art.

Il n'a que trop tendance à être content de lui, aussi affectai-je une satisfaction modérée, le laissant occupé à ramasser les feuilles coupées tandis que je me réfugiais dans mon antre. Il me fallait examiner la découverte que je venais de faire, comprendre pourquoi j'en avais ressenti un choc – ou même, oui, quelque chose comme une révélation.

Un outil simple, banal, bon marché, suffisait pour qu'un vieux paysan pût discipliner les élans désordonnés de la nature. Lui qui n'avait jamais vu de sculpture pouvait créer de la beauté. Je me rappelais ses clignements d'yeux, le soin avec lequel il supprimait une demi-feuille pour assurer la perfection de ses alignements. L'idée qui lui était venue d'une forme, il l'imposait à cette créature sauvage qu'était l'arbre. J'en restais ébloui et envieux.

Parce que, pendant ces deux années de

retraite, j'avais vécu comme une larve. Prolongeant mon sommeil pour ne pas ouvrir les yeux sur le vide. Feuilletant des papiers d'une main lassée. Ressassant la mélancolie qui accompagne les décadences. Un moment, j'avais cru échapper au marasme, dans l'excitation joyeuse de notre nouvelle installation. Puis l'enthousiasme était retombé, à mesure que grandissait le confort, que s'établissaient les habitudes. Désormais, seule Cecilia parvenait à me faire sortir de ma léthargie paresseuse. Je trouvais encore des mots pour commenter ses exercices de flûte et discuter de ses interprétations. Parfois même, ses invitations à la promenade, occupation qui m'a toujours paru le comble de l'ennui, arrivaient à secouer ma torpeur. Je la suivais, vaguement grognon, puis ses exclamations de petite fille émerveillée devant le moindre amandier en fleurs m'attendrissaient. J'en arrivais à guetter avec elle l'envol d'un oiseau, à déterrer soigneusement le rhizome d'un iris sauvage. A part ces rares moments, mes lentes occupations ne servaient, je le savais, qu'à masquer la fuite des heures.

Et voilà que Joseph m'avait réveillé. Ses coups de cisaille avaient aussi taillé en moi. Ils avaient déchiré le réseau de fils ténus, ennui, réticences, menus conforts, insidieuses routines, qui m'emprisonnait chaque jour davantage. Ils m'avaient accouché, me dis-je, et le mot me fit sourire, d'un désir de mouvement que je croyais définitivement engourdi. Peut-être, après tout, serait-il amusant d'attaquer cette garrigue échevelée qui entourait la maison pour la discipliner, la faire obéir à ma volonté, lui donner une forme que je croirais belle, lui imposer mon idée de la civilisation, je ne sais. L'indifférence que j'avais cultivée comme un refuge venait de se lézarder.

J'entendis s'ouvrir la porte d'en bas et descendis vivement à la rencontre de Cecilia, qui me sourit, rose, cheveux défaits, un peu essoufflée d'avoir pédalé dans la montée.

« Joseph a taillé le laurier, lui dis-je sans même attendre qu'elle ait déballé ses provisions. L'as-tu remarqué ?

– Naturellement. Dès le tournant du chemin. Le changement se voit tout de suite.

– C'est beau, tu ne trouves pas ? » Et j'entamai mon couplet sur l'harmonie des formes et des proportions, sur le délicat contraste du feuillage gris-vert découpé sur le mur rose...

« Ou-ou-i, c'est beau. » Et elle hésita une seconde avant d'ajouter : « Mais le laurier, lui, est-ce qu'il est content ? »

Je ris et je l'embrassai. Sur le moment, je ne compris rien du tout. Je pensai à un charmant enfantillage de plus. Oui, je ris de bon cœur.

3

Le destin m'avait donné un premier avertissement que j'avais refusé d'entendre. Je ne compris pas davantage le second, pourtant plus appuyé. Les scientifiques et les raisonneurs ne croient pas à ces discrets coups de gong. Ils ont tort. Notre destin est inscrit dans notre nature et dans celle des êtres que nous côtoyons. Nous avons beau nous acharner à la changer, cette nature, à la domestiquer ou même à l'étouffer, il arrive qu'elle se réveille et jette un éclair de vérité sur nos mensonges.

J'aurais dû m'efforcer de rester lucide, au lieu de cuver ma mauvaise humeur dans cette chambre d'un hôtel frison où je me sentais piégé. Rien n'y accrochait les yeux, ni le blanc des murs tendus de plastique, ni l'impeccable gris pâle des portes et des lampes, ni les volutes rose pâle et bleu pâle sur le fond blanc des rideaux. Hors de la fenêtre, le regard se perdait sur une immense étendue d'herbe verte et plate, déroulée jusqu'à une ligne d'arbres à peine visible. L'égalité du paysage, que j'avais à mon arrivée trouvée reposante, m'agaçait, et je cherchais en vain quelque chose à critiquer dans la chambre d'une netteté toute néerlandaise. Mon irritation, je ne l'ignorais pas, traduisait le sentiment d'être tout juste toléré, à deux pas de la maison familiale où nous venions de fêter le mariage d'Harco, l'aîné des frères de Cecilia. On m'avait invité, et même accueilli comme un ami privilégié, faute de pouvoir m'exclure. L'amabilité de commande masquait fort mal les réticences. Dans cette auberge campagnarde, on m'avait, je le sentais, remisé comme un accessoire encombrant.

Tant pis pour moi. Je l'avais voulu, tout autant que Cecilia. Depuis notre rencontre, ses visites à sa famille s'étaient raréfiées. Trois courts séjours. Et sans moi. Cette fois, nous souhaitions tous deux affronter l'épreuve : elle, de présenter à ses parents ce compagnon qui leur déplaisait d'avance, d'âge plus que mûr, et de surcroît français. Moi, de la voir vivre dans un entourage étranger avec lequel elle renouerait peut-être des liens qu'elle croyait rompus. Je mesurais le danger. Je devais y faire face, exposer la jeune femme à la magie des souvenirs d'enfance, passer victorieusement ce test. A cette condition seulcment, je pourrais éprouver plus qu'une confiance illusoire dans nos sentiments réciproques. Le mariage d'Harco nous avait offert une occasion inespérée.

Nous avions empilé vieux pulls délaissés et tenucs de fête dans le coffre de ma Renault. Le voyage prit d'abord une allure de joyeuse escapade. Nous roulions sans hâte, le temps nous appartenait. Le bonheur nous submergeait par vagues légères, au moindre prétexte : un château en ruine, un acacia en fleur, un poulain dans un pré, vacillant sur ses pattes grêles. Nous goûtions la liberté de rester ensemble et d'aller à notre rythme vers un but choisi en commun. Une brève nuit à Paris, une matinée dans le crachin belge, et nous retrouvions la Hollande, ses maisonnettes de briques roses derrière des jardinets bien soignés, ses entrecroisements d'autoroutes sous un immense ciel clair où voyageaient des vapeurs blanches. Arrêt à La Haye pour l'amour de Vermeer et de Rembrandt. Et, puisque c'était le temps des tulipes, nous nous sommes mêlés à la horde de touristes qui envahissait le parc de Keukenhof.

« Une seule tulipe, a murmuré Cecilia, pouvait autrefois valoir le prix d'une maison.

– Les hommes de toutes les époques ont besoin de folie, mon enfant. Elle leur est aussi nécessaire que le pain. »

Elle m'a jeté un coup d'œil intrigué, se demandant s'il fallait sous ma remarque chercher une allusion. Nous avons docilement admiré les millions de tulipes qui s'offraient aux regards. Les naines qui haussaient leur large coupe rouge coquelicot, les hautaines qui pointaient leur museau violet et les snobs, orgueilleuses de leurs pétales déchiquetés. Des jardiniers huguenots de Versailles, fuyant les persécutions de Louis XIV, avaient apporté ici, nous dit-on, le goût des fleurs et des parterres colorés. La pluie et la richesse de cette terre gorgée d'eau en avaient fait une passion.

« Étienne, a-t-elle murmuré comme nous roulions de nouveau.

– Oui ?

– Tu aimes la Hollande ? Toutes ces fleurs ? C'est beau ?

– Magnifique », dis-je, et je me lançai dans un panégyrique, exagérant à peine mon enthousiasme. Je crus qu'elle s'inquiétait de mon opinion sur son pays, et qu'ainsi s'expliquait la légère nervosité que je sentais monter en elle. Nous ne retrouvions pas les simples joies de la veille. Elle semblait mélancolique ou vaguement déçue, en proie à dcs pensées que je ne pouvais suivre. Nous approchions de la Frise. Nous nous engageâmes sur la gigantesque digue qui barre l'ancien golfe du Zuyderzee, immense avancée de la mer au creux des terres, et je guettai sur le visage de ma compagne une réaction de fierté.

« Ici, même l'Océan est domestiqué, dit-elle enfin.

– Eh bien ! N'est-ce pas admirable ? La digue crée une espèce de mer intérieure, on l'assèche et hop ! voilà des kilomètres de terres nouvelles à cultiver. »

Elle haussa les épaules et remonta son col. Les considérations économiques la laissaient froide. Le vent du large soulevait ses mèches et la faisait ressembler au *Printemps* de Botticelli. L'air boudeur en plus.

« *Ia*, grogna-t-elle. Des champs fabriqués, bordés de rivières artificielles ! Ici, la mer est à dix mètres de toi, de l'autre côté de la digue, et tu ne peux même pas la voir. Ça te plaît ?

– Cecilia ! Tu es méchante. La terre entière admire ce travail.

– Bon. Si tu le dis... »

Jusque-là, jamais Cecilia ne s'était montrée injuste et maussade. Ce brusque caprice m'intrigua, sans plus. Si elle tenait à dénigrer son pays, je n'interviendrais pas dans ses règlements de comptes.

Je la sentais absente, crispée sur je ne sais quels souvenirs, tandis que nous parcourions de vastes prairies où des troupeaux de laitières frisonnes jouissaient paisiblement d'une liberté illusoire, limitée par l'invisible lacis des canaux. Mon fils Denis m'avait un jour demandé, comme font tous les enfants, si les vaches noires et blanches donnaient du café au lait. Je m'en souvenais, et je me surprenais à rêver aux océans de petits déjeuners que produisaient ces régiments de bêtes piquetant les herbages jusqu'à l'horizon, et aux millions d'écoliers qui chaque matin tétaient sans s'en douter le lait de la Frise. Mais je me taisais : ces spéculations n'auraient pas plu à Cecilia.

Elle ne s'anima qu'à l'approche de la maison familiale : un manoir plutôt décrépit, tout blanc avec de hautes fenêtres, posé sur une île carrée découpée dans un bois de hêtres par un fossé envahi d'iris jaunes. Deux piliers surmontés de lions en pierre rongée de mousse, témoins d'une splendeur oubliée, encadraient un pont de bois vermoulu. L'odeur mêlée des roses, des iris et des sureaux nous accueillit comme nous descendions de voiture. La lumière du soir jouait à travers les feuillages, allumant des reflets sur l'eau verte qui noircissait dans les coins d'ombre. J'étais sous le charme, j'attendais le vol d'un oiseau bleu ou l'apparition d'un carrosse de citrouille.

La porte s'ouvrait. Mme van Ozinga, boulotte et frisottée, tendait les bras vers sa fille ; à moi, elle réserva un accueil aimable sans cordialité, ma situation hors norme la gênait visiblement. Le père me salua avec une raideur qui trahissait le militaire en retraite et qui ne me déplut pas. Cecilia tenait de lui sa longue silhouette élégante, ses longs doigts, ses pommettes marquées.

En attendant le dîner, il m'emmena dans son bureau pour m'offrir un verre de genièvre. « Voici le moment du confessionnal », pensai-je, bien à tort, car il ne prononça même pas le nom de sa fille. Il me montra ses livres et le manuscrit de mémoires de guerre auquel il consacre tout son temps. Il avait été prisonnier des Japonais et moi des Allemands, nous aurions pu nous entendre, s'il s'était prêté aux échanges. Mais il ne posa aucune question : sa conversation se réduisait à un monologue, récit sans cesse ressassé de sa capture en Indonésie et des sévices subis dans le camp japonais. Rien d'autre, visiblement, ne pouvait l'intéresser. Son esprit tournait toujours dans le même sillon, comme l'aiguille sur un disque rayé.

« Il ne t'a pas parlé de moi, n'est-ce pas ? », me demanda Cecilia, avec un petit rire destiné à cacher un tremblement d'espoir, et une déception déjà programmée. Je n'ai pas osé lui mentir, ou peut-être ne l'ai-jc pas voulu. Je n'éprouvais pas la moindre envie de la rapprocher de son père.

Le dîner, devant une haute cheminée tapissée de faïences, sous l'œil réprobateur d'austères ancêtres en costume noir et rabat blanc accrochés aux murs, se réchauffa difficilement. On commenta les détails de la cérémonie du mariage et de la réception qui devait avoir lieu sur une terrasse au bord d'un lac. On évitait soigneusement d'évoquer notre vie en France. Mme van Ozinga m'expliqua en excellent français qu'elle avait invité plusieurs diplomates, pour que je ne me sente pas isolé, dit-elle, en réalité, c'était clair, pour qu'on ne me remarque pas parmi eux. Je dus subir ses excuses entortillées au sujet de mon exil à l'auberge. Son embarras m'irrita autant que celui de la comtesse de Saint-Andoche.

Je le lui pardonnai pourtant, à cause de son évidente bonté et de ses efforts méritoires pour admettre que sa fille eût choisi une vie et un bonheur si étranges, ou plutôt si étrangers à ses propres désirs.

Elle m'attendrissait, à vrai dire, par sa volonté têtue de maintenir vivant un passé révolu. Dans sa maison de conte de fées s'étalait un invraisemblable bric-à-brac d'objets précieux, tableaux ou porcelaines acquis dans des époques fortunées et qu'aucune révolution n'était venue déranger. Elle était presque seule à les épousseter désormais, de même qu'elle nettoyait seule, le soir, les assiettes de la Compagnie des Indes dans lesquelles elle s'obstinait à nous servir. Quand le lendemain matin je vins, sur sa demande, prendre en famille l'obligatoire café de onze heures, elle avait près d'elle une petite fontaine dans laquelle elle lavait les tasses et les soucoupes au fur et à mesure de leur usage. Peut-être Cecilia voulait-elle échapper à ces orgueilleuses et pathétiques tentatives de survie. J'ai senti, très vite, que ses parents ne me la reprendraient pas.

Le danger, je l'ai perçu au contraire dès que j'ai rencontré ses deux frères Harco et

Wite, arrivés pour le fameux café. Aussi blonds qu'elle et comme elle vifs, spontanés, ils me suggéraient une image de leur père jeune, pétillant de vie et d'ardeur avant que les Japonais ne l'écrasent. Tout de suite ont commencé les rires et les taquineries. Les deux garçons, qui travaillent dans des banques d'Amsterdam et connaissent la France, m'acceptaient sans paraître remarquer mon âge, celui de leurs parents. Pourtant, je les craignais comme la peste. Je ne pouvais rien contre les souvenirs de chasse aux canards, contre la jatte de crème qu'ils avaient renversée à sept ans, contre les trophées de patinage qu'ils avaient remportés à treize. Rien surtout contre leur musique.

L'alarme la plus vive, je la ressentis un soir après que Mme van Ozinga, épuisée par les préparatifs de la fête, eut décidé de se coucher tôt. Le genièvre refusé par tous, Harco se tourna vers sa sœur :

« Nous ne sommes pas fatigués, et toi ? Nous nous retrouvons si rarement ensemble, pourquoi pas un peu de musique ?

– Oh oui ! », cria Cecilia qui courut chercher une flûte.

Harco jouait du violon et Wite du violoncelle, très bien, comme des amateurs particulièrement doués. Quand ils attaquèrent un trio, une sorte de complicité entre eux trois devint perceptible. Leurs gestes s'harmonisaient si parfaitement qu'ils semblaient provenir d'un seul corps. Les instruments se répondaient avec subtilité, les phrases musicales s'enflaient, planaient, s'enroulaient autour des pendeloques du lustre, mais le ravissement où d'habitude me plonge la musique baroque m'était refusé. Je regardais Cecilia, ses doigts agiles sur la flûte, sa nuque penchée, ses reins cambrés par l'effort. Elle ne pouvait répondre à mon violent désir, elle se laissait emporter dans un univers différent, auquel je n'avais pas accès. Je décidai de l'emmener très loin, très vite.

Naturellement, je ne l'ai pas fait. Les hommes qui réfléchissent hésitent à passer à l'acte, c'est leur malheur. A la réception de mariage, je n'ai rien laissé transparaître de mon impatience : ma profession m'a habitué à masquer mes sentiments par courtoisie. J'ai même prodigué des efforts pour intéresser Maria, la jeune mariée, dont l'œil malin et la démarche dansante me paraissaient fort séduisants. Puis, mon devoir accompli, je suis rentré docilement à l'auberge, pour attendre le lendemain et Cecilia.

J'ai, comme chaque jour de cette semaine, guetté son apparition sur la route de campagne bordée de sureaux en fleur, pour le seul plaisir de la voir pédaler dans le vent qui gonflait sa jupe. Elle a couru jusqu'à ma porte pour se jeter dans mes bras. J'ai respiré un peu de l'air iodé du dehors dans ses cheveux fous épars sur un vaste pull de marin. Nous avons fait l'amour sur les arabesques roses et bleu pâle de la couette et cru, l'espace d'un instant, que rien d'autre au monde ne comptait. Puis ma Renault nous a pour la première fois emmenés vers la mer pourtant proche.

Jusque-là, nous avions passé nos journées sur les lacs et les canaux. Comme tous les Frisons, Harco et Wite y gardaient un bateau à voiles, que nous nous efforcions de manœuvrer en évitant les énormes péniches chargées de pétrole qui descendaient de Groningue vers les lointaines raffineries de Rotterdam. Nous allions nous réfugier sur un canal plus tranquille, un filet d'eau bordé de saules sur lequel nous glissions en silence, frôlant les roseaux, guettant un héron blanc en train de pêcher, ou un grèbe affairé qui transportait son petit sur le dos. Au loin, d'autres bateaux, flottant sur des eaux invisibles, semblaient émerger de l'infini des prairies.

On avait souri quand j'avais demandé à voir la plage. Il n'y avait ni plages ni dunes, m'avait-on dit, la Frise tout entière disparaîtrait sous les eaux si elle n'était protégée par une énorme digue courant tout le long de la côte. Cette digue, je la parcourais enfin. A droite la mer, presque verte sous le soleil matinal. A gauche un troupeau de moutons, une route, une escadre de canards sur un canal, la vie. Ma Frisonne avait vécu dans ce monde clos.

Elle regardait vers le large. « Je voudrais te faire connaître les îles. Là-bas, il y a des dunes où nichent les oiseaux de mer. C'est le seul endroit que j'aime ici ! » clama-t-elle soudain, du haut d'un monticule où elle se dressait comme une figure de proue sculptée par le vent. Blonde et légère sous le beau ciel pâle, face aux vagues qui jetaient de l'écume sur la digue.

« Pourquoi ? Ce n'est sûrement pas vrai !

– Mais si ! Parce que c'est le seul endroit sauvage. Tu as vu notre campagne ? Soignée, choyée par vingt générations de cultivateurs...

– Naturellement. Ici, la terre est rare...

– Oui... Alors, pas un pouce qui ne soit travaillé. Pas un ruisseau qui ne soit corrigé, endigué. Des arbres alignés comme à la parade. Toute la rangée devient jaune au printemps, verte en été, rousse en automne. On dirait des soldats qui changent d'uniforme. »

Ce couplet, elle me l'avait déjà chanté sur la digue du Zuyderzee. Et, comme alors, son injustice me choqua. Les lignes d'arbres, moi je les aime, comme les aimait le vieux peintre Hobbema dont nous venions d'admirer les chefs-d'œuvre à La Haye. J'aime les ponts rustiques qui enjambent les canaux et les barques amarrées dans les roselières.

Ordre et beauté, oui... je les préfère aux paysages échevelés. Mais je sais me taire ! Je fus lâche avec délices, parce que la mauvaise foi de Cecilia commençait à me rassurer.

Comme si elle m'entendait penser, elle vint m'entourer de ses bras et chuchota :

« Tu sais, notre lac vert entouré d'épines...

– Heu... une mare plutôt !

– Si tu veux... mais j'y pense souvent. Je suis sûre que des sangliers viennent y boire... ou alors, des renards ! »

Elle me suivrait en France ! J'en étais sûr maintenant. Au soulagement que j'éprouvais, je compris que j'en avais douté.

4

Chaque matin, le laurier taillé m'accueille dès que j'ouvre la fenêtre de ma tour. Dix coups vont bientôt sonner à l'horloge ; grâce à l'heure d'été, le soleil frappe encore le mur rose d'une lumière horizontale. L'arbuste resplendit, ses feuilles semblent dorées. A croire qu'il s'illumine en mon honneur. Je ne me montre pas ingrat. Autrefois, je veux dire avant l'exploit de Joseph, je ne songeais guère à regarder dehors quand j'entrais dans la bibliothèque. Aujourd'hui, mon premier regard est pour le laurier.

Je me rappelle fort bien qu'il y en avait un

dans le jardin où je jouais enfant. Non pas royal et puissant comme celui-ci, une maigre touffe plutôt, destinée à fournir des feuilles odorantes pour accompagner le rôti. Le dimanche matin, ma mère m'envoyait en cueillir, au moment où elle couchait dans son plat le traditionnel gigot soigneusement huilé et piqué de gousses d'ail. Je flânais un peu, nez au vent, le long des allées tirées au cordeau. Ce clos, long rectangle bordé de murs de pierre à l'arrière de notre maison, était l'honneur et la passion de mon père, qui y passait toutes ses soirées et n'y tolérait pas le moindre brin d'herbe sauvage. Bien qu'il pût se vanter d'une réelle culture, inhabituelle pour un employé, il ne s'autorisait aucune prétention intellectuelle : il s'efforçait au contraire de prouver qu'il savait se servir de ses mains, aussi bien qu'un autre, mieux qu'un autre. Son jardin passait pour le mieux tenu du quartier, peut-être même de la ville. Les laitues y poussaient plus rondes et plus pommées, les tomates plus juteuses, les branches des poiriers savamment entrecroisées sur les murs donnaient des fruits plus lourds et plus doux. Dans ses récoltes, mon gratte-papier de père mettait son orgueil, comme autrefois les Solitaires de Port-Royal.

« Étienne ! Que fais-tu donc ? » s'impatientait ma mère devant son fourneau. « Encore à rêver ! Cet enfant est impossible ! »

Je ne rêvais pas. Avec un soupir, j'abandonnais le nid de mésanges que je croyais entrevoir en haut du cerisier ou le ver de terre que je venais de découvrir : il m'intéressait encore plus que le gigot, mais c'était une chose que ma mère ne pouvait comprendre. Elle humait le parfum des feuilles de laurier pour vérifier qu'elles étaient bien choisies et ajoutait très vite :

« Va donc encore m'arracher quatre ou cinq carottes nouvelles. Pas trop petites, fais attention, étourneau ! »

Le jardin nous nourrissait tous les trois : il fournissait les légumes, les fruits et même la viande des gros lapins blancs aux yeux rouges que ma mère élevait dans des cages le long du mur. Elle soignait aussi les géraniums qui décoraient les fenêtres sur la rue. Mais les plates-bandes du jardin, sans cesse ensemencées, sarclées, arrosées, traitées, éclaircies, échenillées, appartenaient à mon père seul. J'aurais aimé y planter quelques haricots, pour les voir germer, mais l'idée de consacrer à mes fantaisies botaniques de précieux centimètres carrés de terre fertile aurait paru sacrilège. Je n'étais admis qu'à l'assommante corvée du désherbage.

Non, je suis injuste. Dans ce clos voué à la production et au rendement, où l'on n'eût pu trouver une feuille ou une racine inutile, un coin pourtant était réservé à mes jeux, tout au fond, derrière la rangée de rhubarbes. Une charmille, lieu sombre et magique propice au secret. Je m'y réfugiais pour lire un livre interdit, jouer de l'harmonica qui agaçait ma mère, organiser des courses de crapauds. J'y entraînais mes cousines lors de leurs rares visites. Ou encore, Robinson privé de Vendredi, j'y construisais dans un coin une cabane de branchages pour attendre de pied ferme l'arrivée d'un brontosaure. J'y étais le roi dans son palais, le brigand dans sa prison, le pharaon dans son tombeau. Enfant unique souvent condamné à la solitude, c'est là que j'ai appris à l'aimer.

Mon père, assurément, n'aurait pas songé à concevoir pour moi cette chambre de feuillage. Il l'avait trouvée en achetant la maison et avait respecté ce legs d'une génération plus ancienne. Debout à ma fenêtre, je ferme les yeux, je la vois dans sa splendeur. Antre, grotte, cave obscure. Les troncs déjà épais des charmes entourent l'espace carré comme la colonnade d'un temple grec, mais qui serait adoucie, assombrie aussi, par la verdure légère qui s'y enroule. Deux branches se croisent au-dessus de l'entrée. Les fûts, coupés exactement à la même hauteur, ont des têtes bourgeonnantes qui s'élargissent en chapiteaux. Parfois, l'été, un rayon de soleil hardi parvient à percer la voûte de feuilles, et à dessiner une flaque pâle sur le sol noir et spongieux. Au bout d'un demi-siècle et plus, j'ai encore dans les narines le relent de terre humide et de feuilles pourrissantes qui accompagnait mes jeux d'enfant. Un poids bizarre m'alourdit la poitrine, m'oblige à respirer plus fort. J'ai été si heureux, là-bas !

Ma maison verte me paraissait naturelle et immuable comme les montagnes. Jamais, enfant, je n'avais imaginé qu'il fallût l'entretenir, la soigner, la tailler, que sa perfection ne pouvait provenir que de soins attentifs. Maintenant que j'y réfléchis, je sais que j'ai dû rencontrer mon père armé d'une cisaille comme celle de Joseph, mais je n'en garde aucun souvenir, comme si j'avais regardé sans voir. Les enfants qu'on dit rêveurs sont aveugles aux occupations de leurs parents. Elles s'inscrivent parmi les phénomènes naturels auxquels on n'accorde pas d'attention, comme le frémissement des branches dans le vent ou la rosée qui mouille les chaussures le matin.

A vrai dire, je n'ai guère pensé à ma charmille depuis le jour où mes études, puis mes amours, m'ont irrémédiablement éloigné de la maison. Son image claire, précise, je ne l'ai retrouvée que ce matin, tirée de l'oubli par la vision de « mon » laurier à la coupe savante. Et d'un seul coup, je devine que mon père devait la surveiller et la tailler avec la persévérance studieuse qu'il mettait à toutes les tâches. Mieux : avec acharnement, parce que c'était pour moi. Je n'avais pas compris combien cet homme, que je croyais froid, trahissait sa tendresse dans ce travail. « Un gaspillage de temps ! » ronchonnait-il sans doute. Pour moi, un somptueux cadeau. Mais mon père n'est plus de ce monde et je ne pourrai jamais lui dire merci.

« Eh bien ? On ne travaille pas ce matin ? On rêve ? »

La phrase même qu'aurait pu dire ma mère, et aussitôt je me sens coupable. Cecilia est arrivée derrière moi à pas de loup et pose ses deux mains sur mes épaules. Puis elle frotte sa joue contre mon dos et le bonhcur revient. Je ne suis plus grondé mais pardonné, aimé. Le passé s'en va, les souvenirs se dissolvent dans un océan de brume. Cecilia rit, je me retourne et la saisis, brutalement, elle est mienne, je la traîne jusqu'au grand fauteuil, je suis assis à ses pieds, mes bras autour d'elle, sur son ventre ma tête qu'elle caresse, je suis bien, je n'ai aucun désir que celui de rester là encore, encore un peu, encore plus longtemps.

« Je voulais prévenir que j'ai besoin d'aller en ville. Puis-je prendre la voiture ? Ou bien... nous pourrions aussi y aller ensemble, ce serait gentil... »

Je connais ses brusques envies. La maison ne manque de rien, le congélateur déborde presque, tous les appareils ronronnent. Discuter pourtant ne servirait à rien. Ce que Cecilia veut trouver à tout prix ce matin, une agrafe pour sa jupe ou un brin de ciboulette, n'est qu'un prétexte. Ma libellule a besoin par moment de se dégourdir les ailes, de voleter çà et là hors de son habituel refuge. Je ne voudrais pour rien au monde l'en empêcher. Qu'elle souhaite m'emmener aujourd'hui me gonfle de fierté.

La ville, un gros bourg plutôt, aligne ses maisons moyenâgeuses au bord d'un torrent limoneux. A l'extrémité de la Grand'Rue, la vallée s'élargit soudain en un terre-plein sur lequel on a implanté quelques constructions hideuses décorées d'oriflammes et de grands panneaux rouge vif : Trouv'tout Market, Poteries du Midi, le Paradis du Meuble, Super Bricol', d'autres encore. Autrefois, me dit-on, cet emplacement n'était qu'un vaste marécage où les gamins venaient pêcher les grenouilles, un chiffon rouge au bout de leur ligne. Une rangée de peupliers centenaires bordait la rivière. On les a tous coupés pour élargir la voie d'accès au marécage asséché devenu une ZAC (ou ZUP, ou ZAM, je ne m'y reconnais pas). Peut-être les a-t-on débités en morceaux, broyés, réduits en pâte pour en faire les brochures et prospectus que nous jetons, sans les lire, dans l'énorme boîte grise à couvercle bleu, réservée aux papiers, qui trône près du poste d'essence. Il y en a une autre, à couvercle vert, pour les bocaux et bouteilles. Sans doute en ajoutera-t-on bientôt une à couvercle rouge, pour le plastique, puis une jaune pour les épluchures. Et plus tard une blanche, une orange, une violette, qui mettront de jolies taches de couleur dans le paysage ultramoderne de la ZAC. Nous serons tous devenus trieurs d'ordures, pour que les néons continuent à briller et les supermarchés à offrir les tee-shirts, les consoles de jeux et les bouteilles de Ketchup sans lesquelles nos petits-enfants ne trouveraient plus de goût à la vie.

Mes récriminations ne font que refléter l'irritation de Cecilia, que ce paysage défiguré consterne et déprime encore plus que moi. Et pourtant, me dis-je en manœuvrant subtilement pour introduire la voiture dans un espace libre, c'est elle qui a voulu venir. C'est elle qui ce matin m'a entraîné hors de notre garrigue vers les endroits dits civilisés. L'image me vient brusquement d'une nonne qui aurait besoin, pour supporter le couvent, de se livrer de temps en temps à une débauche qu'elle réprouve.

Ma main se crispe sur le volant. L'idée sacrilège a giclé dans ma cervelle sans que je l'aie vue venir, de quelle profondeur ? Existe-t-il, tout au fond de moi, un autre moi bien caché qui a conscience de retenir Cecilia prisonnière ? Une prisonnière volontaire, victime d'on ne sait quel enchantement ?

Non. Elle descend de voiture, cheveux au vent. Quand elle se penche vers moi, ses yeux rient, avec une pointe de taquinerie. Elle annonce, comme n'importe quelle autre jeune femme :

« J'ai des courses à faire pour moi. On se retrouve à la cafétéria ? Dans une demi-heure ? »

Soit. Le café de onze heures est une religion pour les Hollandaises. La banalité même du rendez-vous efface ma brève angoisse de tout à l'heure. Je la regarde s'éloigner vers le supermarché ; ma Cecilia, sa tête dorée, ses longues jambes, ses longs pieds dans des mocassins plats. Allons ! notre escapade est normale, aussi normale que le permet un compagnonnage comme le nôtre, quasiment contre nature. Je sais qu'il faudra en payer le prix. Plus tard. Pour l'instant, la vie quotidienne m'est rendue, avec ses menues préoccupations et ses trivialités.

Ma provision de journaux une fois faite, mes pas me portent sans que je l'aie vraiment voulu vers Super Bricol'. Une plaisante odeur de lessive et de sciure de bois m'y accueille. A l'image de mon père, je savais autrefois me servir de mes mains. Quarante ans de vie diplomatique, où des serviteurs zélés m'épargnaient mêmc la peine d'ouvrir une porte, les ont rendues malhabiles, mais j'éprouve encore un vague plaisir à déambuler entre deux rangées de mystérieuses machines vertes et rouges qui pointent vers moi leurs crochets et leurs dents. Des kilomètres de fils et de câbles multicolores s'enroulent sur d'énormes bobines, puis cèdent la place à des tuyaux de toutes tailles, dont certains, imprimés en peau de serpent, se tordent à terre en donnant l'illusion parfaite d'un reptile. Je longe des hectares de prises de courant, rondes, carrées, cubiques, longues, trapues, blanches, noires, rouges, dorées, pour arriver à une panoplie de haches de toutes tailles et d'effrayantes lames courbes ; il y en a assez pour mettre en déroute toute une armée de chevaliers bardés de fer, assez pour suggérer des combats sans merci et des massacres, on ne sait de quels ennemis. Comme je me détourne, je découvre un panneau couvert d'étranges objets contournés suspendus à des crochets. Je reconnais leurs doubles lames pointues qui portent plusieurs entailles à la base : des cisailles, pareilles à celle de Joseph, pareilles sans doute à celle que mon père utilisait pour restituer son élégance à ma charmille. Elles tendent vers moi d'un air engageant leurs poignées délicatement renflées dont je caresse le bois laqué.

Cecilia va se moquer de moi, j'en suis certain. Elle dira que l'outil ne fait pas l'ouvrier, et j'admettrai qu'elle a raison.

C'est pourquoi j'emporte mon paquet en regardant autour de moi comme un coupable, et je le pousse tout au fond du coffre, bien caché derrière un jerrican.

5

J'ai cru entendre derrière moi un léger gloussement. Je ne me suis pas trompé : Joseph, appuyé sur sa bêche, me regarde en mordillant sa moustache. Impossible de se méprendre sur l'éclat désapprobateur du regard qui filtre sous des paupières à demi baissées. Nous restons silencieux, face à face, adversaires immobilisés dans une vague hostilité. Depuis que j'ai entrepris de tailler quelques buissons, Joseph retient à grand-peine ses critiques.

Il cède le premier.

« Vous voulez pas qu'y fasse des fleurs ? »
Le ton patelin, la voix faussement aimable

soulignent ma stupidité. Quelle erreur ai-je commise ? Ce laurier-rose abandonné, souvenir d'un jardin défunt, devenait un monstre de laideur. Il avait crû au gré de sa fantaisie, produisant ici une touffe insolite, projetant là une branche écartée. Je n'ai fait que le discipliner. Encore quelques coups de ma précieuse cisaille et il pourra rivaliser avec le chef-d'œuvre de Joseph, près de la bergerie.

Je grogne : « Expliquez ! »

Un léger haussement d'épaules. Joseph retourne la bêche, la plante deux ou trois fois dans le sol, la redresse du bout du doigt. Il est partagé, je le sais, entre le désir de discourir pour étaler sa science et la tentation de se taire pour m'écraser de son dédain. Mais il ne peut pas longtemps tenir sa langue.

« Le printemps fait monter la sève, déclare-t-il sentencieusement. Si vous taillez maintenant, vous supprimez les bourgeons. Il n'y aura pas de fleurs en juillet.

– Ah ? Pourtant vous venez d'élaguer l'autre laurier ?

– Pfff... un laurier-sauce. On en fait ce qu'on veut. Mais le laurier-rose, on le taille en hiver, après un coup de gelée, quand la sève s'endort pour de bon. »

J'aurais dû y penser moi-même. La honte me rend humble : comme tous les prétendus intellectuels, j'ai manqué de bon sens. Me voici prêt à reprendre mon rôle d'élève ignorant que son maître gourmande.

Cecilia n'en saura rien. Je veux qu'clle croie mon plaisir sans mélange, puisqu'elle m'épargne son ironie. Mes craintes se sont révélées peu fondées. Elle a accueilli la cisaille avec une bienveillance tout justc amusée : un nouveau jouet pour un enfant. A mon soulagement s'est mêlé un rien d'aigreur. Je déteste la condescendance attendrie que tant de gens affectent pour ce qu'ils appellent « le troisième âge », euphémisme horripilant. Ils traitent comme des marmots juste sortis des langes, qu'il faut soigner, promener, distraire, les infortunés retraités. Chaussons fourrés et fauteuils à bascule, voyages en Sicile et conférences sur la vie amoureuse des termites, voilà ce qui doit leur convenir.

Qu'une nuance dans l'attitude de Cecilia semble indiquer de l'indulgence, je me hérisse aussitôt. Combien je préférerais être critiqué, ou même querellé comme un égal ! Et en même temps, je sais que je me mens. Que je suis tout prêt, la plupart du temps, à profiter lâchement de la permission qu'elle me donne d'être moi-même, l'insupportable moi-même pétri de contradictions. Vexé et cajolé, voilà comment j'accepte de vivre.

Il m'est doux de revenir là où je suis attendu, de suspendre ma coupable cisaille dans la resserre à outils, de respirer l'odeur de propre – eau de Javel et essence de pin – qui émane de la cuisine où Mme Fabre s'active encore, puis celle de cire et de papier qui m'accueille dans mon « antre ». Là, je me livre en paix à des activités de classement ou d'écriture pour lesquelles personne ne discute ma compétence. Je suis bien. Je guette le moment où Cecilia va apparaître avec un plateau. Le thé brûlant, les biscuits, le napperon brodé, la théière tenue au chaud sous un bonnet matelassé, chaque détail m'est un petit bonheur, attendu et savouré. Je lis tous les jours dans les livres à la mode que ces plaisirs-là appartiennent à une époque révolue, à un monde bourgeois et périmé.

Mais je ne me vois pas chevauchant une moto japonaise, ou en train de téter le goulot d'une bouteille de Coca-Cola. Je suis moi aussi périmé, et ne m'en soucie pas trop puisque Cecilia ne m'en fait pas reproche.

Mon fauteuil me tend les bras. Un paquet envoyé par mon libraire vient d'arriver. J'y trouve un essai sur les Croisades et une diatribe sur les erreurs du présent gouvernement, de quoi occuper, et même amuser, les soirées d'une semaine entière. Que diable allais-je faire avec cette cisaille ? Faute, assurément : on ne doit pas méconnaître ses limites. A moi les lettres familières qui dansent devant mes yeux quand j'ai oublié mes lunettes, les paragraphes sagement alignés sur les pages blanches, les rangées multicolores de volumes inégaux qui prétendent renfermer le savoir et la sagesse. A Joseph, à Cecilia peut-être, l'odeur du foin coupé et la traîtrise des pierres qui font trébucher dans les sentiers.

En voilà au moins deux qui se comprennent ! Cecilia arbore son plus éclatant sourire d'accueil quand Joseph pousse la porte et dépose sur la table de la cuisine l'un de ses menus cadeaux : une salade fraîche, trois courgettes, des radis encore maculés de terre. Bien qu'elle n'aime guère préparer les repas, elle pratique la religion du potager et refuse d'acheter des conserves, « pleines de poison », clame-t-elle. Il faut les voir, la délicate musicienne et le cul-terreux, penchés front à front sur une aubergine rebondie, admirant son galbe et le luisant violet de sa peau lisse. A Paris, Cecilia ne m'avait pas révélé sa passion pour la nature et le naturel : je me suis approprié sans le savoir une militante écologiste ! Quant à Joseph, je l'admets volontiers, il est tout autre qu'un agriculteur uniquement attaché au rendement de sa terre ; il l'aime à la mode d'autrefois, elle et les merveilles qu'elle produit. Aucun végétal n'a de secret pour lui : il sait déceler la moindre promesse de bourgeon, la moindre attaque de puceron, déchiffrer le moindre signal de mécontentement. Il devine avec un instinct infaillible l'endroit où la plante pourra se plaire :

« Non, pas ici, le rocher est trop près ; là plutôt, elle verra le soleil du matin, et le vent tourne plus loin... »

Sa science, qui ne vient pas des livres, et que personne ne possède plus à notre époque de pesticides et de tracteurs, fascine Cecilia qui le suit pas à pas. Ses questions plutôt naïves enchantent le vieil homme, qui lui apprend à distinguer un fusain d'un buis et à reconnaître les chants d'oiseaux. Ils sont devenus inséparables, et moi, je comprends que je ne dois pas intervenir dans leur domaine. Très bien : je m'en abstiendrai désormais.

Mes déboires avec le laurier-rose et mon découragement amusent le docteur Sauvade, à qui je n'ai pu m'empêcher de les raconter comme s'il s'agissait d'un avatar médical. Notre amitié s'est nouée l'hiver dernier, quand il est venu me guérir d'un début de bronchite. Au lieu de se presser, il m'a récité un sonnet de Saint-Amand, ce qui m'a alors paru original pour un médecin de campagne. Depuis, j'ai découvert qu'on ne trouve qu'en province ces délicieux érudits férus de littérature ou d'histoire locale.

Sauvade a pris sa retraite et laissé sa clientèle à son fils, un jeune aux dents longues qui vous dépêche en cinq minutes au laboratoire le plus proche. Le vieux médecin a pourtant consenti (« Tout à fait entre nous, hein ! Je ne fais pas d'ordonnance ! ») à venir régulièrement me voir pour s'assurer de ma bonne santé, en réalité pour bavarder. J'aime sa manière aisée et négligente. Son nez charnu trahit son goût pour les plaisirs terrestres. Ses tempes dégarnies, ses deux touffes de poils gris au-dessus des oreilles, ses yeux tombants, tendres comme le sont souvent les yeux noisette, pourraient évoquer un chien fidèle, mais il serait imprudent de se fier aux apparences. Ses phrases, volontiers décousues ou rêveuses, masquent l'attention aiguë qu'il porte à son interlocuteur. Il observe, et dissimule son amusement intérieur.

Aujourd'hui, il sourit ouvertement de mes confidences. Plaisanter avec moi de ma déconfiture le tente ; en même temps, il revient malgré lui au rôle de donneur de conseils, un tic dû à ses quarante années de médecine.

« La taille est une technique ou même un art, dit-il. On l'enseigne dans certaines écoles. »

La réflexion m'agace. Joseph n'a pas appris dans une université, que je sache. Et je rétorque avec acrimonie :

« On n'apprend que ce qu'on a envie d'apprendre. Moi, je ne veux pas.

– Vraiment ? Quelqu'un vous a-t-il poussé à acheter cette cisaille ? »

Je confesse que non.

« Alors vous la reprendrez. Elle doit signifier pour vous quelque chose d'important. Peut-être le besoin de travailler de vos mains... Ou celui de jardiner, cc qui ne vous ferait que du bien. Rappelez-vous Candide, qui finit par trouver la sagesse et le bonheur dans son jardin...

– Ah ! vous oubliez que sa Cunégonde était devenue bien laide !

– Pfff... dit-il. Qu'est-ce que la beauté fait là-dedans ? »

Il rit, hausse l'épaule à demi, son regard dérape vers la fenêtre, ouverte sur le pré, sur le raidillon dont les cailloux pointus et les ornières glissantes semblent autant d'embûches pour la bicyclette de Cecilia. Que le vieux médecin admire, je le sais, je le sens dans sa façon de guetter le chemin, mêlée d'attendrissement et de curiosité attentive. Mais déjà il se retourne vers moi et grommelle :

« La beauté des femmes... Elle nous occupe, nous aveugle, elle nous empêche de voir l'essentiel...

– Ah ! non ! au contraire... » D'un geste, il arrête ma protestation indignée. Sa main s'est posée sur mon bras, mais ses yeux regardent au-delà de moi, comme en rêve.

« Depuis que j'ai le temps de m'occuper de mon jardin... gratter la terre m'est bien plus qu'un plaisir. Je l'enrichis, je la rends nourricière... En mars, quand sortent les menues hampes vertes des semis, elles me donnent un vrai bonheur. J'aime les voir naître... La vie... »

La stupéfaction me voue au silence. Je ne soupçonnais pas tant de passion sous le détachement ironique du docteur Sauvade. Je l'écoute qui tente de dire, qui voudrait expliquer et transmettre ce qui l'habite. En vain. Il y renonce et retrouve son sourire malicieux :

« Le plus simple est que vous veniez voir mes fleurs... Dimanche, déjeuner ? Dites à votre amie d'apporter sa flûte. Ma femme joue du piano, pas trop mal... »

Simple en effet. Mme Sauvade, une grande brune à chignon, expansive, autoritaire, maternelle, et joliment musicienne, a accueilli Cecilia comme un ange tombé du ciel nordique. Cecilia se laisse admirer, accompagner à travers les arabesques de Telemann ou tout aussi bien gaver de confiture de fraises. Désormais, nous avons des amis. Chaque dimanche, nous déjeunons chez les Sauvade, qui parfois invitent un peintre, un historien méconnu, un philosophe égaré au fond de la province. Quelques-uns courtisent Cecilia, avec une négligence bon enfant qui ne m'alarme pas : j'en suis même ravi, secrètement flatté. Devrais-je dire que nous sommes heureux ? Je n'arrive pas tout à fait à m'en convaincre, à me délivrer d'une vague inquiétude.

Parfois, nous sommes les seuls invités. Alors je rejoins Sauvade qui allume sa pipe sur un banc de jardin. Sa chatte tigrée, celle qu'il aime parce que, dit-il, il doit sans cesse reconquérir ses faveurs, vient délicatement frôler ses chevilles. Nous ne parlons guère : le son de nos voix pourrait troubler la quiétude de ce paradis. En mai, le marronnier qui nous abrite laisse tomber des fleurs roses sur nos genoux. Un immense rosier couvre de bouquets blancs le mur de la maison et des merles viennent picorer jusqu'à nos pieds. Jusqu'au fouillis de verdure qui clôt l'espace, des arbustes et des touffes d'iris jaillissent des plates-bandes bordées d'arabesques de buis. Taillés comme au rasoir. Leur perfection même, je la ressens comme une insulte envers mes timides essais.

« J'y passe beaucoup de temps, vous savez ! » murmure Sauvade en tapant avec sa pipe de petits coups sur le banc. Je ne réponds pas, je reste vexé. Je tends l'oreille vers la musique qui vient de la maison. La mélodie mozartienne que joue la flûte, soudain « forte », glisse le long de la balustrade et se suspend en guirlandes aux branches du grand arbre, puis se casse sur une fausse note et sombre dans le désordre et les rires.

« Il est temps d'aller déjeuner, dit Sauvade. Et je veux vous donner un livre que j'ai découvert ce matin chez le libraire et qui vous intéressera, j'en suis sûr. »

Le livre se pare d'une luxueuse couverture de papier glacé. Sur un fond de verdure s'étale un gros titre rouge : « Comment tailler vos arbres et arbustes », et, au-dessous, des lettres blanches plus petites promettent des explications claires et des croquis précis. Insupportable docteur Sauvade, qui affecte de se détourner avec un demi-sourire rusé, alors qu'il ose se mêler de ma vie ! Je ne serai nullement étonné si je découvre un jour qu'il dissimule, sous ses deux houppes de cheveux gris, de minuscules cornes de diable.

DEUXIÈME PARTIE

Les cyprès contre la falaise

« ... Résister à tout sauf à la tentation. »

OSCAR WILDE

1

« Charmante ! » Planté devant ma fenêtre, mon fils examine la bordure de saules avec une attention si concentrée que j'ai envie de lui proposer une paire de jumelles. « Charmante ! Un peu gamine peut-être ? »

Je me rebiffe aussitôt. Depuis le moment où Denis, sautant hors de sa voiture, a jeté les yeux sur Cecilia, je guette l'apparition de cette critique voilée. Les fils détestent que leurs pères ne se conduisent pas selon l'image stéréotypée qu'ils ont du « troisième âge ». Un retraité doit jouer au bridge avec d'autres retraités ou à la rigueur écrire ses mémoires. Mais se conduire en concurrent, non ! Selon Denis, j'ai certainement passé l'âge de m'approprier une étudiante. Nettement plus jeune que lui : c'est presque un affront.

Denis s'occupe des ventes d'une grosse firme lyonnaise qui l'envoie souvent à l'étranger, et nos vies sont depuis longtemps séparées. Ses week-ends, quand par hasard il se trouve en France, se passent l'hiver à Courchevel et l'été sur les courts de tennis. Nos rapports, amicaux et téléphoniques, n'encombrent ni ses emplois du temps ni les miens, et nous nous en accommodons l'un et l'autre à merveille. Grand, sportif, bronzé au soleil du Proche-Orient, il multiplie les conquêtes féminines – je le sais par d'autres – et chérit sa liberté. Je ne suis pas sûr qu'il approuve l'usage que je fais de la mienne. Méfiant, je préfère m'abriter derrière un rideau de fumée. Je lui ai soigneusement caché, le plus longtemps possible, ma liaison avec Cecilia. Des indiscrets m'ont trahi et voici que, soudain curieux de visiter ma thébaïde, et assez amusé à l'idée de me découvrir en campagnard, il a décidé de venir passer avec moi les fêtes de Pentecôte.

Quand j'ai raccroché le téléphone, mon air perplexe a provoqué la gaîté moqueuse de Cecilia. Elle versait le café du matin dans les bols bleu et blanc qu'elle a rapportés de Delft et que j'affectionne. Il y avait sur la nappe blanche du lait chaud et de la marmelade d'oranges dans une coupe d'argent ; le parfum du pain grillé luttait victorieusement contre celui des romarins qui bordent le perron et que j'aime à toutes les autres heures. Un moment parfait... Non : un moment qui eût semblé parfait sans ce coup de téléphone.

« Eh bien ? Pourquoi cet air soucieux ? a commenté Cecilia. Un fils qui s'intéresse à son père et veut se rapprocher de lui, quoi de plus sympathique ? Je dirais presque : inespéré ! a-t-elle ajouté malicieusement.

– C'est que... je ne crois pas qu'il vienne me voir, moi ! » Ma préoccupation devait se traduire par une grimace car elle éclata de rire.

« Bon ! Alors on vient voir la nouvelle pouliche de papa et le haras dans lequel il la soigne ?

– Tais-toi, Cilly, tu ne m'amuses pas ! » dis-je sévèrement pour le principe, mais elle m'avait incompréhensiblement rassuré. Peut-être par sa gaîté même, dépourvue de toute tension, de toute agressivité. Il était visible qu'elle ne craignait pas cette rencontre avec mon fils, elle en paraissait même heureuse, comme si la situation eût été la plus naturelle du monde. Et sa naïveté dépourvue de complexes me délivrait d'un coup de mes arrière-pensées compliquées.

Les quarante-huit heures suivantes, malgré tout, ont été absorbées par des préparatifs dignes de la visite d'une altesse royale, si bien que nous ne pouvions ni l'un ni l'autre ignorer notre double désir de plaire. Cecilia, un doigt dans la bouche, méditait sur le livre de cuisine que je lui ai offert et qu'elle n'ouvre jamais. Je convoquais le plombier pour vérifier les tuyaux de la salle de bains et je téléphonais pour retenir un court au club de tennis de Montignac. Le tennis a créé autrefois un véritable lien entre Denis et moi, au temps de son adolescence. C'est moi, joueur honorable, qui le lui ai enseigné et je l'ai souvent emmené voir des matches internationaux quand, libéré de son internat, il venait nous rejoindre, Olga et moi, à l'autre bout du monde. Les souvenirs d'enfance constituent un piège efficace ; en tout cas, je n'avais pas réussi à en inventer de meilleur.

Denis est enfin arrivé au volant d'un étrange monstre au nez aplati, je suis allé seul à sa rencontre et j'ai ressenti un peu d'inquiétude quand, après l'accolade de rigueur, il s'est tourné vers l'escalier d'où descendait Cecilia, flattant d'une main le cou de Wanda pour l'empêcher d'aboyer. Dans un effort pour sembler respectable, elle avait renoncé à son jean et noué ses cheveux d'un ruban, et je me demandai si elle voulait jouer les belles-mères, elle qui haïssait les faux-semblants. Son sourire naturel et gai me rassura.

« Je rêvais de vous connaître, Denis. Aimez-vous les chiens ? »

Je lui sus gré d'avoir si facilement brisé la glace. Nous avons passé une journée exquise, plaisantant autour du café sur la terrasse, explorant la garrigue autour de la maison, et finalement, cueillant des cerises sur les arbres que Joseph nous autorise à piller. Ce matin, je me suis fait battre au tennis, selon une tradition désormais établie, et Cecilia a remis son jean. Nous avons retrouvé l'atmosphère complice et bon enfant d'une famille heureuse. Jusqu'au moment où la malencontreuse réflexion de mon fils a déclenché mon irritation. Gamine, Cecilia ? A vingt-cinq ans, elle est une femme, et qui sait ce qu'elle veut.

Ensemble, nous la regardons courir derrière Wanda et remonter la pente, à une allure qui m'aurait depuis longtemps laissé épuisé et pantelant. Toutes deux disparaissent sous les chênes verts et Denis, hilare, se retourne vers moi :

« Bravo, mon vieux père ! dit-il. Un sacré coup de jeune, hein ? »

Apaiser, rendre heureux tous ceux qui l'approchent : mon fils tient d'Olga ce charme. Si j'osais lui parler de sa mère, si proche de lui, qui l'a couvé, poussé, soutenu comme font souvent les mères juives, si j'osais, je lui dirais... Oui, je lui dirais que rien ni personne, jamais, ne la remplacera. Que je ne veux plus me passer de ma jolie Frisonne, de son contagieux plaisir de vivre, des couleurs plus éclatantes que sa présence donne au monde. Et que pourtant, toutes ces joies généreusement dispensées masquent mes vieilles plaies mais ne les cicatrisent pas. Que seule Olga a pu susciter en moi le désir d'être totalement absorbé dans un autre et de prolonger cette fusion en créant un enfant. Que je ne puis oublier la lumière de cette confiance totale.

Non que je veuille me protéger de Cecilia. Près d'elle, je me laisse engluer dans le bien-être et je baisse souvent ma garde. Un peu trop parfois, comme en ce lundi de Pentecôte où nous avons ri et plaisanté durant tout le déjeuner. Si jamais je m'étais bardé d'une armure, elle avait fondu dans le sauternes et la sauce des asperges. Je me retrouvai une tasse de café à la main, vautré dans un coin du canapé, béat, ramolli, comblé, et je laissai échapper mon secret, qui était que je rêvais de créer un jardin.

« Un *jardin* ? cria Cecilia surprise. Avec des carottes et du persil pour que je n'aie plus besoin d'aller les chercher à la ferme ?

– Un verger sûrement. » Denis rêvait, déjà plein d'espoirs gourmands. « Des cerisiers à nous, des pommes, des poires... Et des coings... J'adore la gelée de coings. J'en emporterai à Lyon ! Vous apprendrez à la réussir, n'est-ce pas, Cecilia ? »

L'image évoquée de la jeune femme transformée en mamie-confitures a déclenché leur hilarité. Tous deux riaient comme des enfants de si bon cœur que je n'ai pu résister. Pourtant, le rêve de jardin qui depuis quelques jours occupe mon esprit ne manque pas de sérieux. Il a grandi lentement et chassé nombre d'autres pensées. Comment il s'est formé, je ne saurais l'expliquer. Je suis tombé tout droit, me semble-t-il, dans le piège tendu par Sauvade. Pendant de longues heures, en me cachant comme si je feuilletais un magazine pornographique, j'ai savouré page à page le livre dont il m'a fait cadeau. Des instructions bien claires, des dessins joliment touchés de vert pâle, et me voilà en appétit d'en savoir encore davantage. Si je le voulais, le livre m'apprendrait même à tailler des buissons en forme de champignon ou de lapin, mais je ne m'arrête pas à de tels excès. Une révélation me suffit : pour avoir de beaux arbustes, il faut les tailler tout jeunes, et pour les tailler tout jeunes il faut les planter. C'est-à-dire créer un jardin. L'idée à peine formulée s'est emparée de moi, je ferme les yeux et déjà je le vois, un univers de formes obéissantes et harmonieuses, une corne d'abondance échelonnant les fleurs et les baies, un cadre savamment composé pour rehausser le charme de la maison.

« Comme on présente un rôti sur un lit de salade ! » murmure Cecilia en marge de mon discours, et ils recommencent à glousser. Cette fois, je me renfrogne. Mais ils sont lancés et rien ne peut les arrêter. Le timbre grave de mon fils souligne le rire en clochettes de Cecilia : j'aimerais ce concert si je ne me sentais vaguement incompris et frustré, coupable d'avoir quêté pour mon projet leur soutien, ou du moins leur approbation.

« Bon ! Si vous ne voulez ni verger ni potager... » Denis retrouve son calme mais son duo avec Cecilia reprend sur un autre tempo. « ... Que souhaitez-vous ? Une terrasse, un patio ?

– Une pelouse ? une roseraie ?

– Un parterre ? une pergola ? un boulingrin ?

– Bou-lin-grin ? dit Cecilia, quel joli mot, que je ne connais pas ! Qu'est-ce que c'est ? Expliquez-moi.

– Un gazon limité par une bordure, dis-je. Les Anglais s'en servaient autrefois pour jouer aux boules : *bowling green...* »

A peine ai-je parlé que je me mords les lèvres. En jouant le pédant, le docte professeur, je me suis écarté moi-même de leur joyeuse équipe. Le vieux, les jeunes. Celui qui s'arc-boute sur son savoir et son expérience, et ceux qui prennent le temps de jouer parce qu'ils croient avoir l'éternité devant eux. Et pourtant je sais, moi, ou je sens que mon projet, parce que c'est un projet, me rend à la vie ; il me rattache à la communauté de ceux devant qui s'ouvre l'avenir, et qui ont l'ambition d'en façonner une parcelle. Mais comment faire concevoir un tel espoir par des jeunes qui n'ont même pas vécu un tiers de siècle et se posent si peu de questions ?

« Ne jouez pas les sots. » Je domine mon agacement pour feindre l'enjouement. « Vous savez bien qu'un jardin se dessine, comme une maison. Il faut tracer des plans, choisir un style... »

Le petit cri ravi de Cecilia me troue les oreilles. Cilly, *silly* la bien nommée.

« Un style ? Classique, comme à Versailles ?

– Ou italien, avec des statues partout ! »

Les voilà repartis.

« Et pourquoi pas anglais ? Il y aurait des touffes de digitales et de l'herbe bien rase pour mon chien, et des allées tordues qui se perdraient sous de grands arbres.

– Impossible ! Il ne pleut pas assez dans cette région ! On manquerait d'eau.

– On prendrait celle du ruisseau ! décrète Cecilia triomphante. On la ferait monter par une machine. Comme la machine de Marly. Ce serait super ! »

Elle a appris des enfants de la ferme un vocabulaire que je ne lui aurais sûrement pas enseigné et que je souffre en silence.

« Moi, déclare fermement Denis, je vote pour le style tropical. Des chaises longues cannées entre des pots d'orchidées... un hamac qui se balance aux branches d'un baobab...

– Et des palmes pour s'éventer paresseusement... Vous avez lu trop de romans exotiques, Denis. Je me contenterais très bien des quatre carrés d'un minuscule jardin arabe, clos de très hauts murs, où je pourrais bronzer nue près de la fontaine... »

C'en est trop, je me lève brusquement, quitte le salon et vais me réfugier dans mon antre. Si la conversation doit tourner au marivaudage, mieux vaut ne pas l'entendre. A moins que ce ne soit encore pire d'en être écarté. Jaloux, oui, voilà, je suis jaloux, furieux, et en même temps honteux. Parce que les propos échangés n'ont jamais contenu autre chose que de l'amusement, épicé d'une pointe de taquinerie. Parce que je ne doute pas de l'attachement de ma Cecilia. Parce que je ne suis jamais jaloux des gens qui lui plaisent, je croirais déchoir. Parce que... Mais mon fils, c'est autre chose. Et cette complicité de jeunes, qui me rejette, qui me condamne...

Plus calme, je peux sourire avec naturel quand Denis vient faire ses adieux. Il n'est pourtant pas dupe.

« Je dois partir vite, dit-il. Pauline doit déjà m'attendre.

– Pauline ?

– Mon amie. Nous n'habitons pas ensemble, mais nous nous voyons chaque jour. Depuis plus d'un an.

– Et tu ne m'en parlais pas ! Comment est-elle ?

– Un peu plus rondelette que ta grande sauterelle, mais je préfère. Et drôle, astucieuse... »

Merci, mon fils.

« Il faut qu'elle t'accompagne quand tu reviendras... Nous aimerions la connaître. »

L'apparente banalité de nos propos est destinée à masquer mon soulagement, mais Denis ne s'y trompe pas. Son adieu se colore d'une chaleur inhabituelle. Allons ! ma vie n'est pas si stérile. Si mon fils, le fils d'Olga, avait un jour des enfants, ils donneraient enfin à cette vie une dimension autre que celle du plaisir immédiat... Inutile de rêver, Denis tient beaucoup trop à sa liberté. Et pourquoi rêver d'enfants quand je peux planter un arbre ?

Ce soir, Cecilia dans mes bras, la tête au creux de mon épaule, me fait présent du plus long discours qu'elle ait jamais osé prononcer en français. Un discours chuchoté, hésitant, câlin. « Pardon de t'avoir taquiné, dit-elle. J'ai si peur de t'avoir blessé. Pour rien au monde je ne voudrais te faire de peine... »

Son bras jeté en travers de ma poitrine me retient contre elle, prisonnier. Sa tendresse est une cage. Je ne m'échapperai pas, mon ange. Sans doute ne suis-je qu'un enfant, qui s'est égratigné en essayant un nouveau jeu. Sur la plaie tu appliques un pansement, puis un autre, un tampon de coton bien doux.

« Un jardin... je n'en ai pas besoin, moi, j'aime tant notre garrigue. Mais je veux que tu sois heureux et si c'est ton désir, tu dois le réaliser. Je t'y aiderai même, si tu le souhaites... »

Je caresse en silence son épaule nue. Une fois de plus, elle fera de mon caprice une loi. Ou bien elle ravalera mon rêve de création au niveau d'un caprice. A ma gratitude se mêle pour la première fois un peu d'amertume, la certitude que sous le pansement subsistera, indélébile, une cicatrice.

2

Voici notre second été méridional et son souffle de feu. Le jour s'attarde encore longtemps sur les sommets. Nous dînons sur la terrasse d'où l'on peut voir le soleil descendre dans le ciel, prendre peu à peu des teintes cuivrées tandis que les collines se coiffent de nuages enflammés. Essoufflée par ses gambades, Wanda se couche à mes pieds, langue pendante. Nous nous hâtons de finir nos salades et nos pêches, cadeaux largement rémunérés de Joseph, pour ne pas manquer les nouvelles de 20 heures. De mes années de vie diplomatique j'ai gardé la passion de l'information.

Ce qui se passe en Colombie, où j'ai longtemps vécu, ne peut me laisser indifférent. L'Anglais, le Russe, l'Indien qui apparaissent sur les étranges lucarnes, je les ai parfois rencontrés au hasard des conférences internationales. Celui-ci est devenu Premier ministre, cet autre croupit en prison. Je leur garde mon amitié et les plains tous deux : ni l'un ni l'autre n'a su trouver le chemin de la sagesse qui est, chacun le sait, de cultiver son jardin. La vie se montre cruelle pour les hommes qui sortent de l'ordinaire.

A moi, elle prodigue la douceur. Je n'ai que trop longtemps été mêlé aux tourments du monde. La guerre a gâché ma jeunesse. Maintenant, je réclame le droit à l'égoïsme. Je me réjouis, comme le prône un vieux poète, de regarder du rivage les barques luttant contre la tempête. Spectateur, plus jamais acteur.

Un serment que je répète souvent, et à ces moments-là je m'imagine encore maître de ma destinée. Illusion vite dissipée. Aucun choix ne m'est laissé, sinon de vivre sans participer, en spectateur exclu de la pièce. Quand cette idée se présente devant moi, compacte, infranchissable comme un mur de béton, aucun livre ne m'apaise plus, ni même la présence de Cecilia, qui s'inquiète alors de mon œil noir et de mes manières brusques. Seule ma précieuse cisaille me procure un réconfort ; si je ne peux plus rien sur les hommes, je peux encore agir sur les plantes.

La cisaille, ou plus souvent un sécateur, me fait retrouver l'impression de servir à quelque chose. Je supprime une branche de genévrier qui barre un sentier ; je massacre allègrement une liane qui enroule ses pousses mortelles autour d'un olivier qu'elle étouffe ; ou bien je cueille pour Cecilia une touffe de genêts. Elle me rejoint parfois, sans conviction, dans mes efforts. « Il faut bien que je tienne ma promesse de t'aider », dit-elle. J'ai pourtant réussi à l'enrôler dans la lutte que j'ai entreprise contre le lierre.

« Pourquoi ? Je le trouve beau ! » a-t-elle d'abord protesté en caressant les larges feuilles vernissées. Cilly la sotte. Il a fallu que Joseph lui montre une tige de lierre, épaisse comme le doigt, en train d'étrangler une branche d'amandier où déjà elle avait creusé un sillon, pour que l'indignation l'emporte. Depuis, Cecilia s'emploie plus volontiers à sauver des arbres.

Maigres et tordus, les arbres délivrés ne me satisfont guère. Ont-ils été jadis l'ornement et la gloire d'un beau domaine, dont ils sont les pitoyables restes ? Je ne les aime pas, je les arracherai volontiers quand enfin je créerai *mon* jardin. Car j'y pense encore, j'en rêve, je m'absorbe dans des projets fous chaque fois que j'atteins le haut de la colline, d'où le regard découvre toute la pente jusqu'à la rivière, le pré au-dessous des terrasses éboulées.

Chaque fois, en même temps, me revient le souvenir cuisant des plaisanteries de Denis et de Cecilia. Ils m'ont blessé, mais ils m'ont aussi rappelé la différence entre le rêve et la réalité, bien moins facile à s'approprier. Mise à part la guerre anti-lierre, anti-ronces, anti-lianes, je n'ai rien entrepris depuis notre conversation. Maintenant, je me raconte des histoires de chaleur et de siestes pour justifier mon inaction. En vérité, je ne sais par où commencer.

Un moment j'ai songé à transformer le pré en verger : de nos fenêtres, nous pourrions au printemps admirer un océan de fleurs, et à l'automne récolter des monceaux de fruits. La peur de priver Cecilia et Wanda de leur terrain de jeux favori m'a retenu. Je n'avais pas envie non plus de créer du définitif sans y avoir mûrement réfléchi. Il paraissait plus sûr de ne rien faire, d'attendre l'inspiration.

Parfois, réfugié dans ma tour au moment chaud de la journée, je ferme les yeux et rappelle à moi les souvenirs des jardins qui ont jalonné ma vie errante. Les orchidées grimpant aux arbres à Bangkok. La statue enchâssée à Rome dans le gris-vert des haies taillées. Les cactus de Fort-Lamy et le verger d'orangers de Rabat, entouré de hauts murs. Et encore, plus récemment à Rothengue, le bosquet où les crocus dessinaient au début de mars un somptueux tapis mauve et blanc. J'ai pris plaisir à tous, sans chercher à les comprendre. Ils s'offraient comme une émanation naturelle du pays où je devais vivre. Jamais je ne me suis demandé s'ils avaient d'abord été pensés, ou peut-être rêvés. Le seul qui m'ait suggéré l'idée d'un effort pour vaincre la nature est celui de Delhi : dans la saison torride, deux hommes s'y affairaient dès l'aube autour d'un long tuyau qui serpentait sur la pelouse, en y laissant des flaques où venaient se baigner les oiseaux. Les vols de perruches vertes à gorge rouge, à queue jaune en éventail, apportaient des éclairs de couleur quand, les flamboyants défleuris, nous devions nous contenter des efflorescences molles et cireuses des frangipaniers. Ce jardin-là, je l'ai vraiment aimé. Peut-être parce que Olga en faisait ses délices. Mais alors, pourquoi suis-je obsédé par le désir de transformer ce pré et cette garrigue, où visiblement Cecilia s'épanouit ? Je n'en sais rien et ne veux pas le savoir. Laissons à d'autres la manie d'explorer les méandres du cœur !

Les images de mes jardins successifs apparaissent comme dans un kaléidoscope, m'amusent, m'occupent mais ne m'aident pas. Aucun d'eux ne peut me servir de modèle. Chacun d'eux provient d'un accord subtil entre l'ombre et la lumière, entre la nature du sol et la couleur du ciel, entre le brouillard qui humecte les feuilles et le soleil qui les sèche. Le jardin que j'essaie d'imaginer sera d'abord le produit de ma terre méridionale qui chauffe au soleil son dos calcaire. Je ne convoite ni bosquets de rhododendrons ni jungle tropicale. Au moins ai-je déjà, à force de réfléchir, acquis une conviction : je ne deviendrai pas un botaniste collectionneur de plantes rares. Les parcs découpés en petits carrés, un parterre à la française, un coin de japonaiseries, un tertre couvert de forêt vosgienne, etc., m'irritent au plus haut point. Ils manquent d'harmonie, ils ne sont pas beaux. Ah ! Je progresse ! Créer de la beauté, voilà ce que je veux, ce que j'espère. Découper dans le fouillis de la nature un paysage en miniature, qui enchante l'œil par ses proportions parfaites. Et tirer de mon œuvre, à chaque moment de la vie, le plaisir et la fierté de l'accomplissement.

Des aboiements frénétiques m'arrachent à mes réflexions. En bas, près du ruisseau, Cecilia émerge du bosquet d'épineux, traînant un sac de toile qui doit contenir un matelas de camping. Un vaste chapeau disgracieux et un tee-shirt qui pendouille sur un jean protègent du soleil sa blondeur de fille nordique. Elle a dû jeter un morceau de bois aux chiens qui se précipitent et se bousculent en jappant. Rikki, affreux bâtard qui tient du fox-terrier et du griffon, chien trouvé qu'elle a voulu adopter bien malgré moi, agite désespérément ses courtes pattes pour tenter de rattraper Wanda. Pourtant, je ne parviens pas à rire. « Voilà dans quoi sombre mon rêve de beauté », me dis-je avec une acrimonie que dissipent enfin les gestes de bienvenue et d'amitié que me prodigue de loin la jeune femme. Elle vient du gour, seul endroit où elle peut sans risque se baigner nue, et j'imagine le goût, soleil et fraîcheur mêlés, que doit avoir sa peau au sortir de l'eau verte.

Elle m'enchante, cette sauvageonne, et pourtant je ne lui dirai rien de mes élucubrations jardinières, qu'elle ne peut comprendre, je le sens, je le sais, et déjà je me reproche de l'avoir forcée, ou presque, à m'aider. L'expérience de la vie, dont se targuent les gens de mon âge, m'a au moins délivré de l'illusion qu'on peut changer les autres. Cecilia est faite pour respirer la nature et s'y épanouir, non pour la domestiquer. J'ai voulu ma libellule, et libellule elle restera, dansant dans le soleil ;

jamais elle ne deviendra une fourmi occupée à construire un chemin pour y traîner des brins de paille.

J'essaie de rester juste : si une tache de silence et d'ombre apparaît entre nous, j'en suis le premier responsable. Parce que je ne réussis pas à profiter simplement des dons que prodigue la nature. Parce que je m'agite, comme tous ceux qui tentent de se raccrocher à la vie. Ils sont plus ou moins saisis par la débauche. La mienne semble plutôt raisonnable et je voudrais que Cecilia le comprenne. Je ne lui demanderai plus de m'aider, soit, mais je la convaincrai de me laisser faire.

Elle a promis de ne plus me taquiner. Pourtant, c'est vrai, elle pourrait trouver dix raisons pour m'accabler de sarcasmes mérités. Et d'abord : quelle prétention que de vouloir créer du « Beau » ! Le métier que j'ai autrefois choisi n'indiquait pas vraiment une vocation artistique ! Du reste, je ne connais rien à la terre ni aux plantes, je n'ai jamais tracé un plan, réussi un dessin. J'ai conclu des accords, signé des traités, vécu au milieu des notes, des dossiers et des livres, je m'en suis nourri, pire : repu, en y prenant plaisir. Je suis le dernier à pouvoir réaliser un jardin.

Peut-être aurais-tu raison, Cecilia. Je suis si peu sûr de moi...

Ou peut-être puis-je me défendre. Le libraire, sans s'en douter, m'a procuré un argument de premier choix. Je passe volontiers une heure dans la boutique de ce vieux barbu à lorgnon, quand Cecilia va faire des achats. Sa devanture est pleine des derniers livres parus, qu'il méprise. Il ne se plaît que dans son arrière-boutique, où il règne sur une foule de livres d'occasion crasseux, qu'il nettoie, répare, câline, pouponne et rend à la vie. Qu'il lit aussi. Sa culture hétéroclite a été puisée aussi bien dans des romans de chevalerie que dans des traités de physique, des dictionnaires de philosophie ou des récits de voyage au Kamtchatka, ce qui rend sa conversation distrayante, pleine de rapprochements inattendus.

« J'espérais votre visite, m'a-t-il dit tout excité la semaine dernière. Regardez ce que j'ai acheté. »

Sur sa table de travail, une longue planche posée sur des tréteaux, s'alignent des reliures somptueuses et fatiguées, couleur d'ambre ou de vieux cuir. Il caresse amoureusement les nerfs écorchés et souffle pour éliminer quelques atomes de poussière. J'ouvre un des livres pour voir la date : 1765 ; et je sursaute, très surpris.

« Mais il cst en anglais ! Les autres aussi ?

– Eh oui ! Tous ! Et tous du XVIIIe siècle, une vraie collection. Les héritiers d'un Anglais qui s'était retiré à Saint-Jean-de-Malzague m'ont vendu le lot. Ils m'auraient aussi bien refilé la maison, tant ils étaient pressés. Ils aiment la Normandie.

– Une belle occasion, soit ! Mais qu'en ferez-vous ? Ici vous ne revendrez pas un seul volume !

– Détrompez-vous ! » Les rides autour de ses yeux se plissent en étoile, il jubile. « C'est plein d'Anglais ici, l'été et même toute l'année. Et je serai le seul à vendre des livres anglais, à cinquante kilomètres à la ronde. Sans compter que j'aurai des clients dans le genre intello, comme vous... »

Il n'a pas mal visé. Je feuillette avec gourmandise le *Journal* de Samuel Pepys, puis deux gros volumes, intitulés *Gulliver's Travels and other Essays*, by Jonathan Swift, où je cherche déjà son chef-d'œuvre d'humour noir, l'opuscule dans lequel il feint de conseiller aux pauvres d'Irlande de manger leurs enfants pour éviter la famine.

« Regardez celui-ci, il vous intéressera », dit le barbu.

Sur le dos, les lettres dorées sont illisibles. En frontispice, le portrait gravé d'un beau gentilhomme à perruque bouclée et fine moustache. Je note les traits réguliers, les narines bien dessinées, le menton marqué d'une fossette, l'air d'aimable douceur. Le titre annonce en rouge et noir : « Memoirs on Sir William Temple ».

« Un copain de Swift, et un ambassadeur, comme vous ! Il vous ressemble un peu », ajoute le libraire d'un ton rusé de bon commerçant.

Je feuillette, essayant de rappeler mes lointains souvenirs d'histoire diplomatique. Temple, il me semble, a négocié le traité de Nimègue avec les ambassadeurs de Louis XIV, pour qui il représentait le diable en personne. Et je tombe en arrêt sur la page 433, où l'on découvre comment

Temple a renoncé à une brillante carrière pour se consacrer à ses livres et à son jardin. Non sans succès : c'est lui qui le premier a créé un « jardin anglais ».

La voici, la réponse que je cherchais aux possibles accusations de Cecilia ! La preuve qu'un homme de ma sorte peut s'éprendre d'un jardin, et le réussir ! J'ai emporté le livre, comme une proie conquise, au fond de mon antre, pour le lire et le relire. Finaud comme d'habitude, mon libraire ne s'est pas trompé : j'ai toutes sortes de points communs avec ce Temple. Il se montre actif et dévoué, mais aussi râleur et susceptible. Frugal mais aimant le bon vin. Agréable en société mais sujet à des crises de mélancolie. Peu dépensier sauf pour son jardin, qui est, écrit-il, un plaisir raffiné pour les hommes las de poursuivre le pouvoir ou les richesses. Je ne suis pas loin de croire que j'ai endossé l'apparence de Sir William Temple dans une vie antérieure.

Je prends tant de plaisir à ma découverte que j'ai envie de présenter Temple à Cecilia, comme je ferais d'un vieil ami capable de lui démontrer l'intérêt de mes projets. Je n'espère pas qu'elle lira le livre, mais peut-être ces quelques feuillets écrits pour elle, et que je glisse sournoisement sur son pupitre à musique.

3

Pour Cecilia : histoire de Sir William Temple

Il avait ouvert les yeux en 1628 sur un monde instable en proie aux passions politiques, et il atteignit vingt ans au moment où les Anglais décidèrent de couper la tête de leur roi Charles II. Prudent, ce fils de nobliaux résolut de prendre le large et de continuer à s'amuser. Il s'embarqua pour les îles de la Manche et s'empressa d'oublier le peu de grec et de latin que les professeurs de Cambridge s'étaient appliqués à lui enfoncer dans la tête.

A Guernesey, il rencontra beaucoup de brouillard, et la fille du gouverneur. Dix-sept ans, aimable. Temple, désœuvré, la courtisa et le gouverneur jeta les hauts cris. Il n'allait pas donner sa fille à ce joli cœur en goguette, qui n'avait guère de religion et pas du tout de fortune. William et Dorothy, en se quittant, versèrent quelques larmes, échangèrent des boucles de cheveux et promirent de s'écrire. L'opposition des parents avait changé leur amourette en passion. Ils durent attendre six ans la mort du gouverneur. Enfin, en 1654, ils se marièrent et eurent beaucoup d'enfants, qui périrent presque tous en bas âge. Cruelle époque.

Mais j'anticipe. William avait profité de cette longue attente pour mettre un peu de plomb dans sa cervelle frivole. Il avait visité l'Europe, appris le français et l'espagnol, apprécié Bruxelles et détesté le Paris d'Anne d'Autriche : le décorum et l'étiquette l'assommaient.

Il s'installa avec Dorothy en Irlande, jusqu'à la restauration de la monarchie en 1660. Présenté à Charles II, il fit une cour éhontée au ministre Arlington. Les atouts ne lui manquaient pas ; le charme, l'humour, un don naturel de persuasion, l'art du bavardage grandiloquent à la mode de l'époque. Et il jouait divinement à la paume : voilà qui compte en Angleterre.

Un soir, après une partie qu'il avait soigneusement perdue après avoir semblé très proche de l'emporter, il exposa au comte d'Arlington son lancinant tourment :

« Ma femme a besoin d'argent pour tenir sa maison, et je n'ai que cinq cents livres de rente...

– Peut-être un poste diplomatique... suggéra rêveusement le ministre.

– Certainement, *thank you, my lord*. Pourvu que ce ne soit pas en Suède. Les longues nuits me dépriment et le froid m'enrhume. »

Arlington sourit : « Le climat de l'Allemagne est bien meilleur. Justement l'évêque de Munster hésite à se rallier à nous. Quelques autres princes aussi. Il suffirait d'un coup de pouce. Si quelques sacs d'argent ne vous semblent pas trop lourds... »

Temple mena sa mission tambour battant, et réussit en trois jours. Ce qui explique qu'on le rencontre l'année suivante à Bruxelles, résident avec le titre de baronet. Il s'en trouvait ravi. Rien ne lui plaisait davantage que de quitter Londres, récemment ravagée par une épidémie de peste. La peste le rebutait encore plus que le froid. Il avait eu si peur qu'il s'était acheté une maison de campagne pourvue d'un grand jardin, pour y respirer un air sans miasmes et préserver les deux enfants qui lui restaient. Il ne prévoyait pas qu'un jour cette propriété le posséderait, et non l'inverse. Elle s'appelait Sheen.

« Ici, même la terre sent bon », disait-il volontiers, et il restait dehors, à galoper sur son cheval ou à marcher dans les prés, jusqu'après la nuit tombée. Il projetait de planter des cerisiers et des ceps de vigne : le vin colore si agréablement la vie !

A Bruxelles, on lui demandait plutôt de déployer son habileté diplomatique, pour arrêter le jeune Louis XIV, qui rêvait visiblement d'avaler l'Europe. C'étaient des temps heureux pour les ambassadeurs : Temple se rendit à Amsterdam, passa cinq jours à boire, à danser, à jouer à la paume et aux cartes avec le prince d'Orange et revint avec, dans sa poche, un traité d'alliance entre la Hollande et la Suède. Louis XIV dut rendre la Franche-Comté.

Voilà Sir William nommé ambassadeur à

La Haye. Trois ans plus tard, une chance : Guillaume d'Orange est devenu *stathouder* de Hollande, et Temple peut renouer des liens amicaux avec lui. Peu lui importe que Guillaume soit un taciturne buveur de bière, qui aime à se coucher tôt. Leurs intérêts convergent, ils deviennent inséparables ; s'il le pouvait, Guillaume dînerait tous les soirs chez l'ambassadeur d'Angleterre. Il se laisse vite convaincre d'épouser une princesse anglaise. « Une affaire en or, explique à peu près Sir William. Le roi Charles II n'a pas d'enfants, Mary est sa nièce, elle deviendra un jour reine d'Angleterre. »

Tout réussit à Sir William Temple. Il vit dans le luxe, entretient huit chevaux de selle plus deux somptueux carrosses. A Nimègue où l'on négocie la paix, il s'installe, bien que l'Angleterre se dise neutre, discute avec les Français, et Louis XIV, pourtant vainqueur, rend au prince d'Orange... Orange, et Maëstricht. Mary idolâtre Guillaume, qu'elle a épousé l'année précédente. Elle l'aime tant que, dix ans plus tard, elle l'aidera à détrôner son propre père.

Temple n'y est pour rien. A peine signés

les traités de Nimègue, il s'est retiré à Sheen pour se reposer sur ses lauriers. Trop d'agapes diplomatiques lui ont donné la goutte, et il ne veut plus manger que les produits de sa propriété.

« Le vrai plaisir est dans la tempérance ! répète-t-il volontiers à sa femme. C'est l'avis d'Épicure, qui est à mon sens le plus sage des sages. Souvenez-vous, Dorothy, qu'il a passé sa vie dans son jardin, à lire, à enseigner... et à se reposer.

– Il n'a pas dépensé tout son argent à installer une orangerie, commente Dorothy d'un ton pincé, et Sir William éclate de rire.

– On n'a pas besoin d'orangeries en Grèce, ma chère. Ici, elles sont indispensables !

– Nous pourrions très bien vivre sans oranges.

– Mais c'est tellement mieux avec ! Tenez, je fais le pari de récolter l'hiver prochain des oranges aussi belles que celles d'Épicure. Et, à l'automne, des raisins qui valent ceux de Gascogne.

– Vous pourriez y ajouter quelques fleurs pour mes bouquets.

– Peuh !... les fleurs... affaire de dames !

Le verger ou le potager sont plus intéressants... Les Anciens, qui s'y connaissaient, cultivaient leurs jardins pour la table. Vous n'avez pas lu Virgile, Dorothy, nous allons remédier à cela ! »

Lady Temple s'enfuyait.

Il est vrai que Sir William lisait beaucoup. Contrairement à la plupart de ses amis, il détestait chasser. Galoper derrière un renard lui paraissait stupide, et de toute façon très mauvais pour sa goutte. Sa conversation spirituelle, son sens de l'humour lui attiraient beaucoup de visites, qu'il ne rendait jamais : pourquoi bouger quand on peut rester assis dans son jardin ? Ce jardin le préoccupait sans cesse, encore que personne ne l'eût jamais vu manier un râteau, encore moins une bêche. De la chaise rembourrée où le clouait sa paresse, il dirigeait une escouade de jardiniers, tout en compulsant un grimoire dans lequel le nom de toutes les plantes connues figurait en latin. Cette occupation était la seule qui pût l'arracher à ses fréquentes périodes de spleen.

Ses enfants ne lui donnaient que des chagrins. La petite vérole avait emporté sa fille, et son fils, seul survivant, venait d'épouser une Française et de l'amener à Sheen. Protestante, certes, et hostile à Louis XIV, mais ce détail ne suffisait pas à désarmer Sir William. Ces insupportables Français venaient envahir même sa maison ! Même son précieux jardin ! Dès ce moment, il sut qu'il lui faudrait le quitter.

Il possédait une autre propriété à Moor Park, beaucoup plus près de Londres. Trop près : ce n'était pas le moment de s'y installer. La population de la capitale se révoltait contre le roi catholique Jacques II, réclamait le prince d'Orange protestant. Mary n'hésitait pas à se déclarer pour lui contre son père. Il débarqua, Jacques II s'enfuit, on proclama Guillaume et Mary roi et reine. Temple fulminait : il avait le sens de l'honneur, et refusa énergiquement tous les postes brillants que lui proposa Guillaume III. Ou peut-être préférait-il vraiment la tranquillité de son jardin :

« Pardonnez-moi, sire, plaidait-il. Ne vous ai-je pas souvent répété que, pour suivre ce que prônent les sages, il fallait renoncer à l'amour à quarante ans, et aux affaires à cinquante ? Maintenant que j'ai atteint la soixantaine, ne m'obligez pas à me déjuger. Prenez mon fils... »

L'ambition ne l'avait jamais tourmenté, et il n'avait voulu une carrière que pour faire face à ses soucis d'argent. Maintenant, sa fortune, arrondie à la mort de son père, lui suffisait pour vivre sans aucun effort et réaliser quelques-uns de ses rêves. Et d'abord le premier, qui était non de devenir ministre, mais de changer Moor Park.

Aussitôt la paix civile revenue, il s'y était installé avec Dorothy. Moor Park s'enorgueillissait d'un beau jardin à l'italienne, bien architecturé, avec des fontaines, des statues et des murets coiffés de vases en pierre. Tout ce décor artificiel l'irritait. Il souhaitait plus de liberté et de fantaisie.

« Je regarde à gauche, et je vois une allée sablée, disait-il à Dorothy. Je regarde à droite, et que vois-je ? Une autre allée sablée toute pareille, son ennuyeuse sœur jumelle...

– Mais, rétorquait Dorothy, n'y a-t-il pas de la beauté dans la symétrie ?

– Balivernes ! Dans la symétrie, où est la

surprise ? Et sans surprise, où est le ravissement ? Trouvez-vous de la symétrie dans un beau paysage ? Les Chinois... »

La mode de la Chine et des chinoiseries sévissait partout. On se disputait à prix d'or les porcelaines importées par la East India Company. Les élégantes de Londres exhibaient dans leurs salons des magots à face jaune et longue natte. Sir William s'intéressait aux gravures, lisait des récits de voyage.

« Les Chinois, Dorothy, méprisent les plantations régulières. Ils sont trop intelligents pour ne pas penser leurs jardins, mais leur plan se dissimule. Ils offrent une nature encore plus belle que la nature au promeneur ensorcelé, qui ne soupçonne pas l'artifice !

– Nourririez-vous l'idée saugrenue de faire ici la même chose ?

– Pourquoi pas ? Si seulement je pouvais supprimer ces allées droites et raides comme vos baleines de busc, et ces carrés de pelouse décorés de quatre ifs stupides aux quatre coins...

– Vous ne ferez pas mieux que le bon Dieu, mon cher mari. Vous ne réussirez qu'à abîmer notre beau jardin, j'en ai grand'peur... »

Dorothy retournait à ses confitures et William à ses songes meublés d'allées courbes et de bosquets mystérieux, ou à ses occupations. Car il se mêlait aussi d'écrire, sur Épicure, sur le jardinage, sur la politique et bien d'autres choses, et ne s'en acquittait pas mal. Il avait malheureusement embauché comme secrétaire, pour l'aider à rédiger ses Mémoires, le plus doué, le plus caustique et le plus susceptible des écrivains : le fameux Swift qui n'avait pas encore écrit *Gulliver.* Suivirent des années de travail, de brouilles et de réconciliations. Cette imprudence fit que cet homme doux, fidèle, aimable, ne réussit jamais à trouver la quiétude qu'il avait toute sa vie recherchée.

4

« Vous passez bien vite sur Swift, remarque Cecilia en secouant le dernier feuillet. Vous avez voulu faire le portrait d'un jardinier et non d'un homme de lettres. »

Signal d'alarme : le « vous » entre intimes ne vient pas naturellement aux Hollandais. Je ne sais ce qui irrite Cecilia mais jouer franc jeu me semble la meilleure parade.

« Naturellement. Sa réussite en ce domaine dépasse de loin sa gloire littéraire. Ses goûts ont influencé tous les jardiniers anglais, qui ont démodé le style Versailles dans toute l'Europe. Un diplomate peut très bien créer un jardin. »

Elle réfléchit, en piquant machinalement des prunes bleues dans la coupe posée sur la table. Elle porte une robe de toile rose très courte, son genou a la teinte de pêche mûre que prennent au soleil les peaux blondes. Le jus sucré des prunes laisse une trace au coin de ses lèvres, et au bout de son nez une autre, qui me donne envie de rire.

« Vous ne lui ressemblez pas, dit-elle sévèrement.

– Je ne prétends pas aux mêmes succès, pourtant nous avons des points communs, il me semble...

– Vous êtes agréable, je le reconnais. Et assez paisible. Et vous vous êtes un peu dissipé dans vos jeunes années, vous me l'avez dit. Avez-vous conclu de beaux traités ?

– Mais oui ! J'ai amené la Tourlande à faire partie du Marché commun, on m'en a félicité.

– Ah ! Et votre mariage... » Sa voix marque une hésitation à peine perceptible et ses doigts tapotent nerveusement le bord de la table. « Les parents s'y opposaient ?

– Bien entendu ! Quand j'ai rencontré

Olga pendant la “drôle de guerre”, j’étais mobilisé, élève à l’école militaire de Saint-Maixent. Puis on m’a envoyé dans l’Est. Je n’avais pas terminé mes études. Comment, disait mon père, pourrais-je faire vivre une femme, et peut-être bientôt un enfant ? Puis j’ai été prisonnier et Olga arrêtée. Nous aussi avons attendu des années.

– Ah ! » Je devine que, dans tout mon récit, seule l’a intéressée ma phrase imprudente sur la passion de William et Dorothy. Une pointe de jalousie, qui ne me déplaît pas, la taquine.

« Il y a tout de même une différence in-sur-mon-table. » Elle s’est levée, soudain agressive, un pli entre les sourcils. Je m’inquiéterais si la tache sur son nez ne m’empêchait de prendre sa colère au sérieux. « Temple détestait les Français, dit-elle d’un ton presque triomphant. Dans son testament, il a déshérité ses petites-filles au cas où elles épouseraient des Français ! Vous vous êtes bien gardé de le dire ! »

La stupéfaction me rend muet.

« D’ailleurs, la petite vérole avait défiguré Dorothy. Elle était devenue très laide, elle ! »

Je lance : « Comme Cunégonde ! » mais ma plaisanterie n'amuse pas Cecilia.

Jamais encore je ne l'ai vue ainsi, raidie, vibrante d'une émotion qu'elle ne contrôle pas. La main sur la poignée de la porte, elle se retourne pour me jeter :

« Je ne suis pas aussi ignare que tu le crois ! William Temple a joué un grand rôle dans l'histoire des Pays-Bas et je le connais mieux que toi. »

Zéro pointé pour ma tentative de persuasion. Je suis ridiculisé, battu à plate couture. Battu et pourtant content, à cause du tutoiement revenu. L'appel qu'il contient m'attendrit, m'empêche de sentir que Cecilia m'a directement attaqué, pour la première fois depuis notre rencontre. Il faut lui laisser le temps de calmer cet accès de hargne, de courir avec les chiens, de revoir ce tapis de fleurs bleues qu'elle a tenu à me faire admirer hier près du gour, des étoiles à cinq branches qui se referment sitôt cueillies, et dont nous avons cherché le nom dans un album de plantes sauvages : des aphyllantes, un mot qui met du miel sur la langue et que nous avons savouré ensemble.

Elle me reviendra sans que je la poursuive. Et je ne suis pas mécontent de rester seul pour recevoir une visite qui lui déplairait peut-être : celle d'un architecte-paysagiste que j'ai, sans m'en vanter, prié de venir examiner mon terrain. Non que je sois assez riche pour l'embaucher vraiment ; j'espère seulement quelques conseils, une idée générale, que sais-je ? Un appui pour me rassurer, pour m'épargner les inévitables sottises dues à mon ignorance.

De la fenêtre de ma tour, j'examine le petit morceau de terre qui m'appartient, et qui de là-haut laisse voir son squelette : à gauche, une garrigue encombrée de pierraille, puis une pente raide autrefois découpée en terrasses ; à mes pieds, la conque herbue sur laquelle le regard glisse jusqu'aux frondaisons du bord de l'eau ; à droite, à demi masquée par la verdure d'un grand pin, la ligne horizontale de rochers blancs qui ferment mon modeste domaine. Une combe secrète, dérobée aux regards étrangers. J'ai honte de l'avoir à peine regardée avant d'y fixer ma vie, ou plutôt ce qui m'en reste. Je croyais n'aimer que les livres. Et voici pourtant que naît en moi une allégresse imprévue, un sentiment d'appartenance bien proche de l'amour.

Une pétarade m'arrache à ma contemplation. Voici mon paysagiste (pardon, mon architecte de jardins) dans une voiture italienne rouge. Avant même de l'avoir accueilli, je sais que je ne m'entendrai pas avec lui. J'ai horreur des voitures rouges. Ce sont toujours elles qui vous dépassent en faisant une queue de poisson ou qui klaxonnent pour vous reprocher de ralentir aux tournants. L'agressivité ne convient pas à un paysagiste. Du moins je ne l'imaginais pas, avant de connaître Luc Bourdat... Son nom a des sonorités de grosse caisse, j'aurais dû me méfier plus tôt.

Il porte un blouson coûteux et un curieux pantalon large serré aux chevilles, que je devine très élégant. Tout en lui, des cheveux noués en catogan sur la nuque, très XVIIIe siècle, jusqu'aux bottillons du chausseur à la mode, trahit le rejeton de la bonne société qui trouve amusant de se déguiser en marginal avec l'aide d'Yves Saint Laurent. Je maudis la revue de luxe dans laquelle j'ai trouvé son adresse, accompagnée d'éloges dithyrambiques.

« Agréable endroit. Tristement négligé », profère-t-il avec dédain, et c'est tout ce que je tire de lui pendant une heure entière. Nous marchons côte à côte mais je pourrais aussi bien ne pas exister. Il regarde, respire, tombe en arrêt devant une plante sauvage, pousse du pied un caillou, hausse des épaules méprisantes devant un muret à demi écroulé, sort par moments de sa poche un instrument bizarre avec lequel il semble mesurer des distances ou des angles. Il passe une éternité au bord de la rivière, à regarder de loin la maison, la tête inclinée ou même renversée. Enfin, il éructe quelques mots brefs, comme un chien qui jappe.

« Calcaire. Sec. Buis, lauriers, cyprès. Abrité du vent. Citronniers. Dans des pots. Hortensias aussi. Dans des pots. Jardin à l'italienne. »

Il s'excite, et son débit devient précipité. Le minet de tout à l'heure a disparu. Ses mains écartées dessinent en l'air des courbes, des masses, des perspectives.

« Beau dénivelé. Ajouter un escalier en pierre, aplanir une terrasse. Et près des murs, rien. Le vide. Ces romarins qui écornent la courbe du perron, *kaputt* ! Un grand vide ! »

Je le déteste. Voilà qu'il veut détruire des plantes que je chéris, mes romarins qui au printemps se couvrent d'un nuage de fleurettes bleues. J'esquisse un geste de protestation, aussitôt écrasé de mépris.

« Avec la maison, faire un tableau ! Nettoyer cette garrigue, garder quelques vieux chênes verts pour le fond du paysage. Et à droite, des couleurs, des masses de couleurs. Mûriers sombres, oliviers gris, érables rouges. Toute la gamme ! Une énorme touffe. »

Sa conviction me fascine, étouffe mes tentatives de rébellion. J'ai beau m'abriter derrière l'hostilité que m'inspire son apparence, je me laisse peu à peu entraîner à imaginer le cadre dessiné par ses gestes. Je les vois, ces masses de feuillage, certaines plus hautes, dominant les plus étalées. Les nuances de leurs différentes verdures s'exaltent les unes les autres, les formes contrastées prennent de l'élan et de la dignité... Ce diable de freluquet aurait-il du talent ?

« Et là-bas, à gauche, quelque chose pour équilibrer. Des cyprès. Florentins. Très droits, très hauts sur le rocher blanc. Superbes ! Ce vieux pin qui cache tout et fait désordre, enlevez-le tout de suite ! »

Il a produit une phrase entière, avec un verbe et une subordonnée ! Je mesure son excitation. Visiblement, il aime la vision de mon domaine que son imagination a créée. Cela vaut bien que je lui pardonne un peu ses façons, même si je ne suis pas prêt à accepter toutes les transformations qu'il prône. Il m'a troublé, je l'admets, ou plutôt je refuse encore de l'admettre. Une incertitude me tourmente, presque un malaise. C'est avec soulagement que je le vois s'éloigner dans sa prétentieuse voiture, en pétaradant le long du chemin de terre.

Cecilia ne se montre pas, et j'en suis presque heureux. Que dirait-elle de l'idée impossible, horrifiante, de sacrifier le vieux pin ou le morceau de garrigue qu'elle aime tant ? Je ne lui en parlerai pas, je ne dirai rien du bref moment où j'ai failli me laisser séduire. Quand elle me rejoindra, mais je sais où elle se réfugie. Sa bicyclette n'est pas dans le garage et Wanda dort au pied du perron. Brève vérification : la flûte a également disparu. Je retrouverai ma Cilly chez les Sauvade : elle est allée quêter l'attention maternelle de Mme Sauvade pour panser la blessure que j'ai faite à son ombrageuse fierté, et noyer dans des flots de musique l'irritation provoquée par mon acharnement à lui faire accepter mon projet de jardin.

Le chat roux endormi sur ses genoux, Sauvade fume sa pipe sous le marronnier et m'accueille d'un sourire complice. Il ne pose jamais de questions et semble tout comprendre par une intuition magique : peut-être simplement celle qu'acquiert un médecin de campagne qui a observé les faiblesses humaines pendant plus de quarante ans. Ensemble nous n'avons pas besoin de paroles, des ondes d'amitié traversent nos silences. Pendant un long moment, nous écoutons les musiciennes qui déchiffrent, avec des fautes et des reprises, une partition que je ne connais pas, une mélodie ancienne hérissée de petits ornements. La tiédeur du soir nous engourdit, j'oublie l'objet de ma visite, puis mon obsession revient, insidieuse, et le récit de l'entrevue avec le paysagiste coule de moi sans que je l'aie prémédité. Récit un peu truqué pourtant : je glisse sur mes tentations, je feins, comme si je ne faisais qu'un avec Cecilia, de n'avoir retenu que le déplaisant dans le discours du visiteur. Un vrai monstre, dis-je, habité par la rage de détruire.

« Mais non ! » A travers un léger nuage bleu les yeux de Sauvade me fixent avec attention, comme pour déceler quelque chose au-delà des mots. « Ne confondons pas supprimer et détruire. »

Il a raison, j'ai parlé trop vite. Supprimons, nous sommes des civilisés. Supprimons les lierres meurtriers, les drageons intempestifs, les branches de poirier au-delà du deuxième bourgeon. Supprimons les élans de la nature, les passions ravageuses, les caprices des enfants et les enfants non désirés, les insectes nuisibles et les pulsions de violence. Pour construire plus beau, comme Joseph avec son laurier.

« Planter, c'est facile, ajoute Sauvade. Le bon jardinier sait supprimer. Un art plus difficile. »

Il a bien de la chance, mon ami Sauvade,

de ne pas habiter un désert où le moindre brin d'herbe paraît un don du ciel. Mais il ne me laisse pas le temps de le lui dire.

« Vous dînez avec nous, naturellement ! Nous pique-niquerons sous les arbres. »

Va pour le pique-nique, qui obligera Cecilia à retrouver sa bonne humeur. Je suis vite rassuré, elle ne boude plus. Elle s'anime pour parler à l'autre invité, un sympathique vieux monsieur que tout le monde appelle Pedro, et qui est, me dit-on, un grand musicien, ancien professeur au conservatoire de Montpellier. Elle fait honneur au flan de courgettes, aux oignons confits, à la tarte aux poires ; le gigondas rend nos esprits pétillants. Les cigales se taisent, un oiseau se plaint sur deux notes dans l'air tiède. Nous serions heureux, si je pouvais ne pas penser. Moi seul, j'en suis une fois de plus conscient mais le remords n'arrange rien, suis coupable de gâcher ce moment parfait par des désirs, des hésitations, des projets qui n'arrivent pas à prendre forme.

5

Je l'ai fait ! Hé oui, je l'ai fait et n'arrive pas à le regretter. Cecilia pourrait se le reprocher à elle-même. Quel caprice subit l'a donc emportée vers Amsterdam, pour fêter la Saint-Nicolas chez Harco et Maria ? Je sais, ces coups de tête imprévisibles font partie de sa séduction. Ce qui ne m'empêche pas de les lui reprocher. Elle n'aurait pas dû m'abandonner pour plus d'une semaine, me laisser en proie aux tentations.

Il pleuvait depuis deux jours quand je l'ai conduite tout encapuchonnée à la gare de Valence. J'allais passer, lui dis-je, ce temps de solitude à lire, à écrire, à jeter des pommes de pin dans la cheminée pour les entendre pétiller et éclater, à l'attendre enfin. Je m'y voyais déjà mais on ne prévoit jamais rien. A peine l'avais-je quittée qu'une déchirure s'est faite dans les nuages. Le soleil est apparu, non pas laiteux et mélancolique comme on l'attend à la fin de novembre, mais jaune et amical. Il m'adressait un clin d'œil d'encouragement, ou même de complicité, du moins j'en eus l'impression, puis je me reprochai cette pensée gaie, incongrue, alors que j'aurais dû ruminer ma mauvaise humeur.

Une heure plus tard, la maison m'accueillait avec un sourire. Ses pierres encore humides brillaient d'un éclat chaleureux dans la lumière du soir. Dehors, en revanche, les branches s'égouttaient tristement et les touffes de végétation, abattues par l'averse, laissaient traîner dans la boue leurs tiges lamentables. C'était laid. Je pensai à mon paysagiste. Ce monsieur Je-sais-tout inventait sûrement des jardins qui restaient harmonieux en toutes circonstances, bougonnai-je. Qu'il vienne donc ici aujourd'hui !

J'ai avalé mon dîner froid en regardant

les informations télévisées, puis je me suis versé un petit verre de ce genièvre dont Cecilia m'a appris le goût. Je n'avais guère envie de travailler dans la maison trop silencieuse et j'ai de nouveau pensé au paysagiste. Bizarrement, le souvenir de sa déplaisante apparence s'estompait peu à peu. Des bribes de conseils me revenaient, des idées de couleurs, de proportions, des fragments d'une vision plus large que la mienne. Les élucubrations qui m'avaient irrité prenaient maintenant un sens. J'en venais à les trouver raisonnables, à mesure que, le genièvre aidant, mon rêve de créer un jardin reprenait consistance. En fait, je n'avais cessé d'y penser depuis l'été. Même si je m'étais abstenu d'y faire allusion, par crainte d'une bouderie de Cecilia. Même si je n'en avais plus parlé à mon ami Sauvade.

Le nom de Sauvade fit surgir l'image du grand pin au pied de la falaise blanche. « Supprimez-le tout de suite ! » avait conseillé le paysagiste et, à sa manière distante et feutrée, Sauvade l'avait quasiment approuvé. Il m'avait poussé à réfléchir et je n'avais plus jamais regardé l'arbre sans malaise. Cecilia m'a appris à considérer les plantes fraternellement, comme des êtres vivants. Depuis un demi-siècle ou davantage, chaque année qui passe dépose sous l'écorce de mon pin une mince couche de bois neuf nourri de sève. Cette croissance patiente force le respect. L'interrompre serait un meurtre.

Et pourtant, chaque fois que je l'ai observé, sombre contre le ciel clair du soir, ou pâli par la lumière de midi, ou la tête perdue dans des effilochures de brouillard, j'ai su qu'il abîmait la ligne pure de la falaise. Que le paysagiste ne se trompait pas. Cecilia aurait haussé les épaules. Mais moi...

J'ai mal dormi, dans un lit où j'ai perdu l'habitude de reposer seul. Les jugements lapidaires de l'homme flottaient dans mon demi-sommeil, où l'image du pin apparaissait comme pour me tourmenter. Elle occupait mon insomnie, m'obligeait à poser des questions, à osciller d'un argument à l'autre. Fâché de laisser troubler mon sommeil par un problème que je croyais mineur, je m'appliquais vainement à compter des moutons. Je m'endormis enfin, et rêvai qu'une armée de nains à tête de Sauvade coupaient l'arbre au moyen d'une scie monstrueuse, puis traînaient son cadavre jusqu'au gour pour l'y jeter. Je les épiais un moment, puis revenais vers l'arbre qui avait miraculeusement repoussé, me créant une nouvelle angoisse.

Le sort l'a voulu : le lendemain matin, j'ai rencontré Joseph en train de balayer les dernières feuilles mortes près du ruisseau gonflé. Joseph ne dit jamais bonjour le premier ; il affecte de ne pas me voir jusqu'à ce que je lui adresse la parole. Alors seulement il se redresse, pousse son vieux chapeau sur sa nuque, sort de sa poche un paquet de Gauloises tout aplati, et se lance avec délices dans une conversation technique sur les chances d'une averse ou sur la santé des chèvres de la ferme. Il ne prend pas le ton d'un employé. Mis à part le « vous » qui maintient entre nous une légère froideur artificielle, il se comporte tantôt en copain, tantôt en mentor, et avec Cecilia, en grand-père attentionné. Avec le temps, il est devenu notre famille. Plus que mon fils trop absent.

Joseph a remarqué aussitôt l'intérêt que je portais à l'arbre dont le destin m'avait préoccupé toute la nuit.

« L'est pas fameux ! » a-t-il déclaré en craquant son allumette.

Il m'a montré de longues lézardes dans l'écorce et une plaie plus haut, là où la cassure d'une branche, mal soignée, devenait noirâtre.

« La pluie entre dedans depuis des années. Il est pourri à l'intérieur. Un jour qu'on aura du vent, il va tomber, pour sûr ! »

Incrédule, j'examinais le tronc puissant, les branches squameuses et crevassées, les touffes de verdure au sommet, qui me parurent un peu maigres. Le colosse perdait ses cheveux.

« La branche de côté est toute sèche, commentait Joseph. La deuxième, à droite, vous voyez ?

– Je vais le faire abattre », dis-je impulsivement. Nous n'allions pas soigner pendant des mois, sans doute inutilement, un arbre malade et dangereux. Je ne commettrais pas un meurtre, je procéderais à une euthanasie. Joseph venait de me donner l'absolution.

Pourtant, il ne semblait pas de cet avis.

« Laissez-le donc tomber tout seul ! Il

pourrait durer encore quelque temps. Personne ne vient par ici quand le vent souffle.

– Mais c'est tout de même possible. Je ne veux pas qu'il tue quelqu'un. »

Il faisait la moue, haussant une épaule. Enfin, il se trahit, je l'entendis grommeler que Cecilia serait mécontente, et ma décision devint aussitôt irrévocable. Puisque ma compagne avait cru bon de s'absenter, elle ne pourrait se plaindre de n'avoir pas été consultée. Pour une fois, je n'en ferais qu'à ma tête.

Le surlendemain, les bûcherons, des gars du village, étaient à l'œuvre. Joseph ne se montra pas. Un peu surpris d'abord par cet inhabituel manque de curiosité, je compris vite qu'il ne souhaitait pas participer à une opération qui risquait de déplaire à Cecilia. Je me sentais moi-même satisfait de la savoir absente : elle n'aurait pu supporter le miaulement aigu de la scie assassine. Elle accepterait mieux le fait accompli.

Une demi-journée d'allées et venues, et j'ai pu reposer mes yeux sur la ligne nette de la falaise. Sereine, mais trop austère. Pour le plaisir de l'œil, elle a besoin d'être coupée par des verticales : le gandin a eu raison, une fois de plus. Quand je veux, je peux me montrer efficace. J'ai persuadé le pépiniériste de Villeneuve-sur-Colzac de venir planter lui-même un bouquet de cinq cyprès déjà grands : il ne pouvait résister à un client qui consentait à se ruiner. Les fûts se dressent vers le ciel, fins et sombres, coupant à angle droit la ligne de rochers, et cette géométrie délicate comme une épure m'apaise et me ravit.

Voilà. Je l'ai fait et ne le regrette pas. Dès le premier instant, j'ai voulu croire que Cecilia partagerait mon ravissement. Qu'elle comprendrait. Qu'elle approuverait peut-être, et que nous pourrions éprouver ensemble ce plaisir-là, comme tant d'autres. Il est vrai qu'à d'autres moments je craignais sa déception ou, pire, sa colère. Surtout quand je rencontrais Joseph visiblement inquiet. Mais, me disais-je, qui la connaît le mieux, lui ou moi ?

Elle n'a rien dit. Pas un mot, et je n'ai pas osé l'interroger. A croire qu'elle ne s'était aperçue de rien, qu'elle déballait les biscuits hollandais et les grains de café en chocolat qui font mes délices, sans se préoccuper de ce que j'avais accompli pendant cette longue semaine. Je guettai en vain une réticence dans sa manière d'être. Elle racontait gentiment Amsterdam en liesse, les bougies derrière les fenêtres, Saint-Nicolas sur son cheval blanc, et son serviteur noir qui jette des dragées. Et aussi la fête chez Harco, l'appartement au bord du canal, où l'on pouvait se rendre en barque, les amis, les guirlandes, les bonshommes de pain d'épice, et la joie d'apprendre que Maria attendait un enfant. Elle ne laissait pourtant percer aucun regret. Elle courait avec les chiens dans le pré poudré de gelée blanche, et m'apportait mon thé à l'heure consacrée, dès son retour à la tombée de la nuit. Peut-être s'abstenait-elle de se pencher sur mon épaule pour examiner mes derniers achats chez le libraire, parmi lesquels figuraient maintenant des livres de botanique et des albums sur l'architecture des jardins. Mais je ne le remarquai pas tout de suite.

J'en ai pris conscience après ce jour où je l'ai découverte, à demi dissimulée derrière le rideau de notre chambre, en train de regarder à travers le pré. Son expression inhabituelle, un mélange d'ironie et de résignation, m'a déconcerté et j'ai crié : « Que fais-tu là ? » Rien, a-t-elle protesté en se détournant très vite. Elle ne faisait rien, elle ne regardait rien. Menteuse. Je savais bien, moi, ce qu'elle regardait. Je l'ai prise dans mes bras, elle a niché sa tête au creux de mon épaule comme pour me convaincre de son abandon. J'avais faim d'elle, une faim que la vie quotidienne n'apaise pas encore. Nos difficultés disparaissaient toujours dans les profondeurs du lit. Du moins je le croyais.

Je le croyais, et pourtant une vague inquiétude m'est longtemps restée. Le silence anormal de Cecilia, son expression étrange devant la fenêtre contenaient peut-être un message. Peut-être – le pressentiment surgissait quelquefois – l'affreuse pensée que la maison m'appartenait, qu'elle y séjournait simplement conviée : une invitée qui n'a pas à donner son avis, qui ne peut critiquer les décisions du maître.

Je chassais aussitôt cette idée, que je m'efforçais, avec mauvaise foi, de trouver injuste. Je ne voulais pas croire qu'elle pût effleurer Cecilia, il y avait entre nous trop d'ancienne tendresse. Je préférais ne pas comprendre.

L'hiver avance maintenant, et je me rassure. Le feu sous la cheminée égaie et réchauffe nos longues soirées paisibles. Je feuillette des revues. Cecilia s'applique à chercher sur sa flûte des notes aiguës ou des intervalles difficiles. Ou bien elle me joue ces petites pièces de Telemann qui emplissent l'âme de joie sans la troubler. Rien n'a changé, vraiment. Sauf que chaque soir, je me penche en fermant les volets et j'admire en silence, contre le ciel de feu, la ligne pure de la falaise coupée par les verticales sereines des cyprès.

6

L'écureuil court sur la branche, sa queue derrière lui comme un panache de fumée, il s'arrête au milieu, s'assoit, lève une fine patte attentive, puis se retourne, dans l'espoir de découvrir un gland à décortiquer. Nous l'épions de la fenêtre de l'escalier, celle qui donne sur le petit bois, et je m'abstiens de triompher. Il me serait trop facile de souligner que le nettoyage du bois n'a nullement découragé la présence des bêtes sauvages. Notre ami l'écureuil n'est pas seul, Joseph m'a depuis longtemps montré les coupoles de glands et les pommes de pin mâchonnées qui trahissent la présence de toute une bande. Il a aussi découvert des terriers, de lapins ou de renards, et j'ai dû l'empêcher de poser des pièges.

Mes entreprises de cet hiver ont réveillé en lui de vieux réflexes d'agriculteur et de chasseur. L'automne dernier, il explorait les collines avec Cecilia, à la recherche de cèpes ou de châtaignes. Mais mes efforts de séduction, appuyés par l'achat d'une débroussailleuse, l'ont vite rallié à mon point de vue quand il a compris que Cecilia s'abstiendrait de toute protestation. Un paysan aime que la terre soit propre, comme il dit. Joseph a passé sa vie à lutter contre les chardons et les ronces, et contre les racines voyageuses de ces vilains arbres déplumés qu'on appelle ici « monte-aux-cieux ». Au surplus, quel homme a jamais résisté au ronron charmeur d'une machine qu'il commande ? A l'approche du printemps, le bosquet s'est trouvé nettoyé, clair ; seuls subsistaient deux grands chênes, quelques yeuses et quelques touffes de laurier-tin déjà impatient de fleurir. Gloire à Joseph ! Il éclatait de fierté.

« L'herbe va pousser vite maintenant, a-t-il déclaré. Faudra la tondre. » Son air rusé trahissait un monde de sous-entendus.

Avec le temps, j'ai appris à le deviner. Lui, qui n'a jamais manié qu'une vieille faucheuse, rêve d'un minitracteur. Il pourrait ainsi trôner et se venger de son fils qui ne le laisse manœuvrer ni l'énorme herse ni la moissonneuse-batteuse. Je n'ignore pas qu'il supporte mal cette humiliation. Pourtant il n'aura pas gain de cause. J'ai en vue des dépenses plus urgentes, et du reste mes économies fondent à une vitesse alarmante.

Pendant des mois, Cecilia et moi avions vécu de presque rien, selon l'immémoriale tradition campagnarde. Elle en jean, moi en vieux mocassins et pantalon de velours. Nous trouvions au village le pain et le miel, les poulets et les fromages. Le verger et le potager de la ferme procuraient presque tout le reste. Nos expéditions au supermarché ou chez le libraire restaient limitées. Le salaire de Joseph ne nous ruinait pas plus que les quelques heures de Mme Fabre. Jusqu'au jour où j'avais acheté cette maudite cisaille qui m'avait infecté du virus du jardinage. Et peu à peu je découvrais que cette passion d'apparence innocente se révélait aussi dévastatrice que celles du jeu ou des femmes.

Naïf que j'étais, je croyais qu'une consultation de paysagiste me suffirait. Et qu'en plantant de beaux arbustes que je taillerais avec soin, après avoir supprimé quelques végétaux parasites, j'obtiendrais l'harmonie que je voulais créer.

« Et où qu'on prendra l'eau pour les arroser ? » questionna Joseph de son ton le plus faussement candide.

Un caillou tombant sur ma tête du haut de la falaise ne m'aurait pas causé un choc plus grand. J'étais frappé de honte, moi qu'on disait sérieux et organisé, par la révélation de ma sottise. Pis : je me souvenais des quolibets de mon fils et de Cecilia. Eux, moins étourdis que moi, avaient tout de suite pensé à l'eau. Ils avaient raison ! La modeste pompe qui alimente la maison ne suffirait jamais à l'arrosage d'un vrai jardin. Même si je pouvais me passer de la fameuse machine de Marly, je devais capter l'eau du ruisseau et la hisser jusqu'en haut du terrain en pente.

De là date le premier accroc à mes

économies. Je venais d'entrer dans une logique infernale. Parce que pour amener l'eau il fallait installer une nouvelle pompe, qui exigerait de l'électricité, et trouver l'emplacement d'un réservoir. Il fallait creuser une tranchée pour enterrer conduites d'eau et lignes électriques. Où diable faire passer tous ces tuyaux pour qu'ils ne gênent pas mes futures plantations ? Et plus tard, quand je réussirais à arroser ces plantations, comment empêcher l'eau de courir le long de la pente pour rejoindre le ruisseau au bas du pré ? Autant de problèmes qui m'irritaient sans que j'en découvre la solution. Je commençais à me demander pourquoi j'avais été assez fou pour choisir une maison haut perchée.

L'hiver ne décourageait pas les promenades de Cecilia mais me fournissait un excellent prétexte pour ne pas la suivre. Je me plongeais dans mes livres, cherchant en vain une idée, je griffonnais des plans maladroits qui tous finissaient en boule dans la cheminée. Finalement, je compris qu'il fallait capituler. Je rappelai le minet architecte.

Il revint, et Cecilia le détesta comme je

l'avais prévu. Les chiens aussi haïssaient son allure insolite et se livraient, tandis qu'il prenait des mesures, à une telle débauche de grognements et d'aboiements que leur maîtresse se hâtait de les emmener. Elle prenait grand soin de rentrer après le départ de la voiture rouge, les joues brillantes de froid, le nez écarlate, les cheveux en désordre sous le bonnet de laine, heureuse de rapporter quelques-uns des cailloux veinés qu'elle aimait à collectionner, si bien que je n'avais pas le courage de protester pour sa trop longue absence. Au demeurant, j'avais été si occupé que le temps m'avait paru court.

Deux semaines plus tard, je recevais un dessin et je croyais rêver. Ma vieille ferme avait pris des allures de manoir, sans qu'une seule de ses portes ou de ses fenêtres ait été modifiée. L'architecte (à partir de ce moment, je cessai de prononcer ce mot avec ironie en parlant du « minet ») s'était contenté de partager mon pré en deux plans horizontaux, à la manière de ces champs pentus que les paysans cévenols découpent en plateaux soutenus par des murets. La maison s'ouvrait maintenant sur une assez vaste terrasse, d'où l'on descendait par un double escalier sur le pré désormais aplati ; autrefois posée de guingois sur la pente, elle semblait sur ce dessin afficher une certitude, un équilibre bien proche de l'harmonie dont je rêvais. L'architecte avait tout prévu, même une sorte de cave sous la terrasse, destinée à abriter réservoir d'eau et outils de jardinier. Plus je regardais le dessin, et plus s'imposait la conviction qu'il m'apportait les réponses à toutes mes questions. Une impatience me prenait de réaliser cette merveille sans attendre. Je ne songeais même pas à consulter Sauvade, tant j'étais certain qu'il serait lui aussi enthousiasmé par le projet.

« C'est très réussi », dit près de moi la voix de Cecilia.

Absorbé comme je l'étais dans mes nouveaux projets, je ne l'avais pas entendue approcher. Elle regardait par-dessus mon épaule, elle souriait, elle apportait dans ses cheveux ce premier air tiède qui, dès la fin de février, fait s'ouvrir les fleurs des amandiers, elle me donnait son appui, elle qui s'était jusqu'à présent montrée si réticente.

Je baisai sa main, la vie me paraissait soudain ensoleillée. Après de longs mois de gestation, nous allions ensemble enfanter un paysage choisi, un lieu de délices, où la musique aérienne qu'aimait ma jeune femme viendrait s'inscrire dans un ensemble de formes parfaites, constante jouissance pour l'œil. Je me rappelai que le paradis était un jardin ; notre jardin serait notre paradis, un petit univers clos que la pente de la colline, le ruisseau et la falaise sépareraient de l'insupportable rumeur du monde. Je divaguais, et j'en gardais un peu conscience. Mais à cet instant, je crus que le goût persistant que j'avais de Cecilia pourrait se transformer en amour.

Ce ne fut qu'un moment. Je vis ses doigts effleurer le dessin, s'y attarder comme s'ils voulaient l'apprendre par cœur ; elle murmurait :

« Tu l'aimes, n'est-ce pas ? Tu rêves de réaliser ce projet ? C'est ainsi que tu seras heureux ?

– C'est toi qui me rends heureux », répliquai-je aussitôt, et déjà je savais que je mentais. Parce qu'elle venait d'effacer toute la joie que ses premiers mots avaient fait naître. Parce qu'elle ne partageait pas mon rêve, elle l'admettait seulement. Nous ne serions jamais deux compagnons peinant ensemble vers le même but, nous ne veillerions pas ensemble sur notre création, vivant les mêmes espoirs et les mêmes déceptions. Elle me suivrait, elle m'aiderait peut-être, comme elle l'avait dit. Mais sa vie intérieure me resterait à jamais étrangère.

Je la tirai par le bras et j'entourai son visage de mes deux mains pour croiser son regard. Dans ses yeux je pouvais lire le désir de plaire, et de la soumission, peut-être même, du moins je le crus, une ombre de résignation. Je n'en voulais pas. Je la repoussai avec une brusquerie qu'elle ne comprit pas pour me saisir de l'annuaire du téléphone. Je voulais me hâter, profiter du regain d'énergie que donne la colère. Puisque Cecilia se refusait à construire ce jardin avec moi, je le ferais contre elle. Comme une proclamation d'indépendance.

Il y a un mois de cela. Un mois pendant lequel le vacarme de la bétonneuse nous a chaque matin tirés du sommeil : le maçon construisait cave et resserre à outils. Puis on les a recouverts d'une épaisse couche de terre pour former la terrasse, et le bulldozer a transformé le pré en un terrain vague qu'on eût dit bouleversé par un tremblement de terre. Longtemps, prêt à croiser le fer, j'ai attendu la protestation de Cecilia, ou tout au moins des marques de mauvaise humeur, devant le saccage de « son » pré. Je la connais assez pour ne pas me fier à son silence, qui pourtant, inexplicablement, a désarmé mon agressivité. J'ai veillé à garder intact et sauvage le maquis épais qui protège le gour, mais Cecilia n'allait plus l'explorer. Elle fuyait, parfois avec sa flûte, chez Mme Sauvade, où le fameux Pedro les rejoignait pour un concert improvisé. Le plus souvent, elle disparaissait à travers les bois vers le haut de la colline.

« Je l'ai rencontré ! m'a-t-elle annoncé un jour avec jubilation.

– Qui cela ?

– Mais lui, l'ermite ! J'étais sûre qu'il existait ! Il grillait quelque chose sur un feu devant la cabane. Je lui ai parlé ! »

Ma vive réaction provoqua un rire joyeux.

« Ne t'inquiète pas ! Il paraît gentil, il m'a montré sa guitare. De toute façon, les chiens me protègent. Je ne risque rien. »

Elle avait raison. Moi qui si souvent avais attiré son attention sur un danger possible, je l'admis assez vite. Peut-être mon esprit était-il trop préoccupé par le travail des ouvriers pour qu'un nouveau souci pût y trouver place. Je demandai pourtant :

« Quel âge a-t-il ?

– Je ne sais pas. Il portait un capuchon et un cache-nez, et plein de poils sur la figure. Plutôt noirs que gris, il me semble.

– Il te plaît ?

– Il est vraiment déguenillé », dit-elle avec une si drôle de grimace que je me sentis complètement rassuré. Depuis, elle l'a rencontré encore, comme s'il s'était installé dans le bois à l'approche du printemps.

A Sauveplane les travaux se terminent. On a mis en place les marches de pierre qui forment l'escalier en V renversé ; plus à droite, un filet de l'eau montée à grand-peine du ruisseau s'écoule dans un bassin. Maintenant, quand je regarde l'ensemble depuis la rive du cours d'eau, je comprends enfin la vision du paysagiste. Les rochers et les arbres, encadrant la maison fièrement surélevée, composent en effet un tableau. Je serais bien en peine, à vrai dire, de préciser ce que c'est qu'un tableau, mais je le reconnais à la joie paisible qu'il me donne, comme s'il y avait entre le spectacle et moi une entente secrète.

Cecilia, je le sens bien, regrette son pré aux herbes folles. Il y a de la docilité dans son admiration, mêlée à quelque sincérité puisqu'elle ne craint pas d'ajouter qu'elle trouve l'ensemble un peu austère. Naturellement, elle a raison. Moi-même, j'ai hâte d'animer les lignes sévères des murs par une exubérance végétale. Déjà je vois un rosier grimpant entrecroiser ses branches autour de la porte, un jasmin escalader le mur de l'escalier. Des lauriers ou des grenadiers meubleraient la terrasse. Voilà, je me surprends encore à rêver. A peine un projet a-t-il pris forme que je galope à la poursuite d'un autre. Mon jardin m'a rendu la vie, qui n'est rien d'autre qu'un élan vers l'avenir. Personne, pas même Cecilia, ne peut me demander de regretter le sommeil de marmotte où je m'enfonçais il y a quelques mois à peine.

7

Branle-bas de combat. Le week-end de Pentecôte va comme l'an dernier nous amener Denis, accompagné cette fois d'une Stéphanie, sa nouvelle amie. Détachée à Lyon par une importante société, m'a-t-il dit, et je comprends qu'il tient à elle puisque, après avoir changé six fois d'avis et de programme, il a finalement décidé de nous la faire connaître.

Mme Fabre frotte et astique, le réfrigérateur se remplit pour traiter nos visiteurs de marque. A mon grand amusement, Cecilia s'est même décidée à acheter une robe, destinée sûrement à impressionner

Stéphanie plutôt que Denis. Une robe plissée imprimée de fleurettes ; je ne songe pas à m'en plaindre : le tissu flottant prête aux mouvements de ma libellule une grâce aérienne qui s'accorde avec le printemps.

Dehors, malheureusement, mon futur jardin offre encore l'aspect ingrat d'un chantier. L'herbe semée pour reconstituer le pré pointe avec une lenteur désespérante, du moins pour moi qui me montre volontiers impatient. Après le départ du bulldozer, des camions et des ouvriers, le printemps entamé m'autorisait bien peu de plantations. Je dois me contenter de ce que j'ai aménagé l'automne dernier, le talus raide qui ferme le pré – je devrais désormais dire « le jardin » – du côté de l'est, sous la remise. Il est parsemé de grosses pierres venant d'un mur écroulé, et Joseph y a planté des iris et des arbres nains, dont je suis assez fier. Tout au bout, avec des morceaux de troncs d'arbres, il a fabriqué un escalier rustique qui permet de descendre directement de la remise au ruisseau. Je n'ai cessé de le houspiller pour que tout soit terminé avant l'arrivée des jeunes gens, dans l'idée probablement illusoire que mes améliorations ne pourraient les laisser indifférents.

Je ne vais presque plus chez mon libraire. Derrière le supermarché où Cecilia achète nos provisions, j'ai découvert un lieu magique. L'an dernier, j'avais à peine remarqué une flèche indiquant un Garden Center. Cette année le nom a changé, un « Jardinerie » en lettres blanches sur fond vert tendre a tout de suite capté mon attention, attirée par la poésie rustique du mot. L'écriteau m'a orienté vers un champ immense entouré de cyprès. Des milliers, ou peut-être des millions de plantes, coiffées d'une étiquette blanche où leur nom est écrit en latin, s'y alignent au long d'allées étroites, depuis les minuscules violettes dans des godets de plastique jusqu'aux arbres majestueux prêts à orner dès demain le jardin d'un milliardaire. L'imprudent visiteur s'y promène en roulant un caddy, jetant des regards avides. Il s'arrête devant un arbuste couvert de fleurettes bleutées comme des milliers d'étoiles, ou bien devant un gracieux panache qui émerge d'une touffe de feuilles emmêlées.

Il tourne autour de la plante, il la dévore des yeux, il sait exactement quel recoin de son jardin a besoin d'elle, il oublie de se demander si elle se plaira chez lui, dans sa terre. Il la veut, il est perdu.

Je peux sourire de cet acheteur déraisonnable et me montrer tout aussi sot. Sauvade m'a cent fois mis en garde contre ces coups de foudre, à quoi, dit-il, on reconnaît un amateur novice, et même ignare. Mais je suis impuissant à me corriger. Comme les voyageurs d'autrefois qui s'en allaient à la découverte de paysages inconnus, j'explore la jardinerie avec une curiosité inlassable. Non que je recherche les plantes rares ou exotiques : je l'ai dit, je ne ressemble pas à ces collectionneurs fiers de faire survivre une orchidée exigeante, à ces savants qui discourent de la différence entre le *berberis darwinii* et le *berberis stenophylla*. Je me contente aisément des plantes du pays, qui sont légion, je n'ai aucun préjugé contre les plus banales, celles qui ornent les jardinets des lotissements, mais je suis passionné par leur variété même, leurs subtiles différences de couleurs, les découpures de leurs feuillages. Les unes sont raides et fières, les autres affectent un air penché, d'autres encore rampent à mes pieds. Elles produisent des fleurs en touffes, en grappes, en épis, en ombelles, en panicules. On peut jouer à l'infini avec leurs formes en cône, en boule, en pyramide renversée... Je ne m'en lasse pas. Incorrigible, j'ai tenté d'amener Cecilia à ma jardinerie, elle a examiné les rangées de pots avec une attention polie qui dissimulait mal son ennui.

Au total, je regarde plus que je n'achète. Mes plantations ont peu progressé au moment où, avec une pointe d'appréhension, nous guettons l'arrivée du bolide métallisé le long du chemin aplani, devenu une allée présentable, où nous regardons Denis en faire émerger une petite bonne femme en jean, maigrichonne mais vive comme un passereau. Un visage lumineux, entouré de boucles châtains. Des yeux noisette qui rient. D'elle émane une contagieuse joie de vivre.

Présentations, embrassades. Et tout de suite elle donne le ton en tirant Denis par le bras :

« Alors, voilà le château-fort de papa ? Il

me plaît beaucoup ! Et il a même le Rhin à ses pieds ? Rien ne manque ! »

Elle rit en montrant le filet d'eau qui sort du gour et Cecilia, légèrement agacée, feint de rire avec elle. Moi je reste incrédule, presque paralysé par l'émotion. Cet accent, cette allusion aux bourgs de Rhénanie... Oui, je comprends maintenant les hésitations de Denis, et sa décision finale de me mettre devant le fait accompli, dans l'espoir de me voir conquis par la vitalité joyeuse de Stéphanie. Stéphanie l'Allemande. L'amie de mon fils, le fils d'Olga, juive et résistante déportée à Auschwitz.

Ce lourd passé n'a pas jusqu'à présent pesé sur ma vie. Quand, à peine délivré de mon camp de prisonniers, j'ai retrouvé et pris dans mes bras cette jeune fille encore maigre et affolée, un tel rayonnement de bonheur illuminait nos vies rendues à la liberté qu'il n'y avait en elles aucune place pour la haine ou même la rancune. Nous ne voulions pas regarder en arrière, nous repartions de zéro, avec tout l'éventail des possibles ouvert devant nous. Nous avions l'avenir à construire, et tout d'abord notre couple, que nous voulions indestructible, un havre de sécurité pour toujours. La santé fragile d'Olga, l'expression parfois hagarde de ses yeux me rappelaient qu'elle avait subi des épreuves sans commune mesure avec les miennes, mais nous avions connu la servitude sous le même ciel étranger. Nous étions unis comme deux troncs d'arbres liés ensemble, dont les racines mêlées ont pris force dans le terreau du malheur.

Plus tard, nous avons rencontré bien des Allemands au cours de nos errances diplomatiques. Nous avons passé deux ans à Munich et noué avec les Bavarois des relations cordiales. Rien à voir cependant avec le problème d'aujourd'hui. Que Denis vive avec une jeune femme dont le père – qui sait ? – a peut-être été nazi me paraît une insulte à la mémoire de sa mère.

« N'exagérons rien, vieux père ! plaisante affectueusement Denis. Notre génération n'est pas responsable. Serge Klarsfeld lui-même a épousé une Berlinoise.

– C'est son affaire. Pas la nôtre.

– Allons ! Tout ça, c'est du passé. Les Allemands sont nos amis maintenant. »

Que lui objecter ? Sans doute a-t-il

raison, puisque nous rêvons de léguer la paix aux générations futures. Il faut que soient réconciliés Français et Allemands, et aussi Chinois et Japonais, Grecs et Turcs, Indiens et Pakistanais, Serbes et Croates, Espagnols rouges et blancs. Il faut oublier Guernica, Dresde et Oradour, et même My Lan et le Liban. Il faut que nos sentiments s'effacent devant la générosité, ou bien la géopolitique, et que les massacreurs d'hier deviennent les alliés de demain. Il faut... Si nous le pouvons.

J'en veux à Denis de m'avoir tendu un piège. Parce que cette Stéphanie plaisante à regarder, vive, délurée, taquine à la limite de l'insolence, et en même temps attentionnée, pourrait bien me désarmer si je n'y prenais garde. Ces journées avec elle se révèlent pleines d'imprévu et d'agrément. Avec le plus parfait naturel, elle s'est adaptée à notre mode de vie, les chiens l'adorent, elle réussit aussi bien à cuisiner des crêpes aux pommes qu'à mener dans la bibliothèque une conversation littéraire ou politique. Boulimique d'activité, elle a milité pendant toute son adolescence pour les Verts qui ont dans son pays une si grande audience, avant de se voir confier cette mission d'étude à Lyon. Tant de titres apparemment sérieux ne nuisent cependant en rien à sa bonne humeur contagieuse.

Oui, j'ai failli succomber à tant de charme. J'ai aimé cet enthousiasme, ces rires. J'ai toléré que Stéphanie se conduise presque comme la fille de la maison. Jusqu'à ce que l'idée me vienne que Denis pourrait l'épouser. Ou lui faire un enfant. Et cela, j'ai su aussitôt que je ne le voulais pas, que jamais je ne pourrais l'accepter.

Angoissante, insupportable, cette crainte a surgi pendant le dernier déjeuner et j'ai fui sans prendre le café avec les jeunes, lourd d'un chagrin qu'ils ne peuvent partager. Entouré, peut-être même aimé par eux, je me sens plus seul que jamais. Seul avec mes souvenirs et mes cicatrices auxquelles je tiens par-dessus tout. Le monde bruyant et agité de la nouvelle génération, un monde qui se reconstruit sans moi, d'une manière que je ne puis comprendre, ne m'intéresse pas. Ou plutôt, j'y respire mal. Tout à l'heure, en passant près de la cuisine, j'ai entendu Stéphanie et Cecilia qui s'entretenaient. En allemand. Stéphanie et Denis font-ils aussi l'amour en allemand ?

La réponse, je ne puis me la dissimuler. Quand Denis avait dix ans, je l'ai emmené à Munich et envoyé à l'école allemande. Il me doit son allemand parfait. Il me doit peut-être aussi le goût que nous partageons pour les belles étrangères. Soit. Mais que dirait Olga que nous aimions tous deux, Olga qui n'a jamais porté une robe sans manches à cause du numéro d'infamie tatoué en noir sur son avant-bras, Olga en qui l'accent germanique réveillait des souvenirs de défilés au pas de l'oie et d'ordres monstrueux aboyés dans le camp, si ses petits-enfants avaient l'allemand comme langue maternelle ?

Elle comprendrait, je le crois. Elle accepterait cette jeune fille innocente. Ce serait son droit et son privilège. Mais, elle disparue, je ne puis oublier à sa place. Je n'ai le droit que d'être malheureux.

Je suis malheureux et en même temps, je me sens ridicule. Parce qu'il est absurde de souffrir quand le pire n'est pas encore arrivé, et que je puis peut-être l'empêcher.

Et parce que c'est bien moi, il me semble, qui ai raconté à Cecilia l'histoire de Sir William Temple, apôtre de la religion jardinière, et qui me suis prétendu, ou presque, une réincarnation de cet ambassadeur aux champs. Je n'ai que trop bien réussi ma comparaison : Temple ne pouvait se consoler du mariage de son fils avec une Française, race insupportable qui voulait dominer l'Europe. L'idée qu'en cherchant à me parer des plumes du paon j'ai mérité de traverser les mêmes épreuves m'amuse enfin. Je souris d'imaginer le vieux William, tonnant du fond de sa chaise longue de jardin et menaçant de déshériter ses petites-filles si elles épousaient des Français.

Les pères ont perdu cette pugnacité. Je ne pourrais ni ne voudrais déshériter Denis s'il épousait Stéphanie. Même si je suis prêt à toutes les manœuvres pour tenter de l'en empêcher, au cas où il ne se ressaisirait pas lui-même. La violence des réactions de Sir William Temple me paraît justifier mes propres sentiments. Elle me réconforte, cette violence, elle m'absout, elle prouve que je ne suis pas un monstre. Je n'ai plus honte de mon chagrin, qui du reste n'échappe pas au regard perspicace de mon fils.

Presque sans bruit, la voiture verte qui l'emporte avec son Allemande glisse hors de ma vue au bout de l'allée. Ils n'ont pas parlé de revenir, et je me suis soigneusement abstenu d'y faire allusion. Cecilia me couve d'un regard interrogateur. C'est vrai, je suis désemparé, à bout de nerfs, et je le cache mal. Je marche à grands pas vers le ruisseau comme si j'allais trouver là quelque chose à casser.

Et tout à coup je les vois, j'entends leur halètement qui se rapproche. Ils dévalent la pente ventre à terre, langue pendante, oreilles couchées en arrière, Rikki bondissant sur ses pattes courtes pour suivre Wanda surexcitée. Arrivés tout en bas du pré, ils s'arc-boutent et virent et repartent à l'assaut de la montée. Ils vont, viennent en suivant toujours la même piste, et doivent se livrer à ce sport depuis plusieurs jours déjà, pendant que je promenais les tourtereaux, car ils ont creusé une trace marquée, presque une rigole, dans la terre fraîchement tassée où l'herbe semée commence à lever. Pire : dans leurs courses folles, ils ont bousculé les nouvelles plantations destinées à l'habillage du haut talus, et quasiment arraché une touffe de lavande et le genévrier nain dont j'étais si fier. La colère me prend, une sorte de rage froide où se concentrent toutes les tensions de la journée. Je crois que si j'avais une arme, j'abattrais sur place les deux chiens, et que j'y trouverais le soulagement de mes grandes et petites déceptions.

Vite accourue, Cecilia stupéfaite ne reconnaît pas ma voix rendue rauque par l'effort que je fais de me contrôler. Je sais que j'ai ma tête des plus mauvais jours et que je lui parle, injustement, comme si elle était coupable des déprédations des chiens. J'ignorais que leur trop grande présence dans la vie de Cecilia me causait un agacement jaloux. Je m'en aperçois à mesure que je dicte méchamment mes décisions : désormais Wanda sera attachée dans le jardin et devra se contenter des promenades l'après-midi dans les collines. Rikki restera enfermé dans la maison, hors des mauvaises tentations.

D'un geste, j'écarte toute protestation et je me dirige majestueusement vers mon antre. En réalité, je fuis. Vengé et calmé par la condamnation que je viens d'infliger à plus faible que moi, vaguement honteux aussi, je refuse de voir les larmes qui perlent aux yeux de Cecilia. Peu m'importe qu'elles soient provoquées par mon anormale brutalité ou par le malheur des chiens. Je ne veux même pas le savoir.

8

Une semaine de bouderie, c'est long. Cecilia affichait un air de martyre résignée parfaitement irritant. Je ne lui pardonnais pas ma méchanceté. Plus ma honte grandissait et plus je me répétais que j'avais raison. Je m'enfermais pour ne pas entendre les gémissements de Wanda enchaînée. Tout seul, je remâchais les soucis que me cause Denis, et dont je ne confiais rien à Cecilia. La nuit, nous nous tournions le dos. Le jour, le silence nous accablait.

Joseph a le premier joué les médiateurs. Il m'a proposé de préserver mes plantations par un grillage que les chiens ne franchiraient pas. Mais j'ai jeté les hauts cris. Je n'enlaidirai pas mon jardin par d'affreux fils de fer tout juste bons à protéger des stocks dans une cour d'usine.

Puis Sauvade m'a rendu visite, d'un air bonhomme, pour s'enquérir de ma santé. Je crois Cecilia trop fière pour se plaindre, mais l'amitié perspicace de Mme Sauvade a vite décelé un malaise. Le docteur a feint de s'étonner en entendant pleurer Wanda ; il sait en expert provoquer les confidences. Sa tentative d'apaisement, néanmoins, était vouée à l'échec : je ne consentais pas à perdre la face. Finalement, c'est le petit déjeuner qui a réussi à saper ma résistance.

Cette semaine-là, je m'éveillais dans la maison vide, désertée par Cecilia qui très tôt emmenait les chiens jouer le long des sentiers fleuris de cistes. Alors venait m'assaillir le souvenir du bonheur d'autrefois, le bonheur « d'avant-mon-jardin », quand l'odeur du café flottait dans la maison, grimpait jusqu'à ma chambre et me forçait à ouvrir les yeux. De la cuisine montait un léger bruit de porcelaines entrechoquées. Je descendais sans bruit, en robe de chambre, pour surprendre ma compagne penchée sur sa cafetière, j'embrassais dans son cou la fraîcheur des matins d'avril, où parfois le soleil se voile d'une brume laiteuse. Nous plaisantions, nous regardions le ciel, je m'asseyais pour beurrer les tartines et je grondais pour la forme :

« Cecilia ! tu pourrais te reposer un peu plus et m'attendre. Ce soir, tu tomberas encore de sommeil, tu t'endormiras au milieu d'une phrase !

– Hypocrite ! Prétends que tu n'aimes pas ton café au sortir de ton lit ! »

Délicieuses banalités quotidiennes. La peur m'a saisi soudain de ne plus jamais les retrouver, de les laisser s'engloutir dans le passé. Cecilia ne le souhaitait pas non plus, du moins je l'espérais. Le moment était venu des concessions réciproques.

Nous décidâmes de partager le terrain en deux par une clôture de canisses, agréables à l'œil, qui ensuite serait remplacée par un muret de pierre. Dans l'allée d'accès et le petit bois si bien nettoyé par Joseph, les chiens courraient librement ; mais le pré et les talus leur seraient interdits : j'y créerais mon jardin. Je promis aussi de ne jamais toucher aux broussailles qui entourent le gour et que Cecilia aime tant ; je planterais un petit bosquet pour les cacher. De son côté, elle s'engageait à ne plus montrer d'hostilité, même muette, à mes projets.

Le traité conclu, nous étions soulagés, épuisés, réconciliés et prêts à tomber dans les bras l'un de l'autre. Et même à rire de nos démêlés. Nous avons choisi ensemble de grands pots de terre cuite pour la terrasse, nous les avons remplis d'hortensias, nous avons planté une clématite pour animer la façade et des plumbagos à fleurs bleues pour habiller les deux escaliers. Nos premières roses embaumaient. Nous étions gais. J'ai même acheté une balle pour Rikki et un os en caoutchouc pour Wanda.

Mes inquiétudes au sujet de mon fils ne cessaient de me travailler, mais je ne pouvais me résoudre à en parler tant que la bonne entente avec ma petite Frisonne n'était pas pleinement restaurée. Nous expérimentions un nouveau mode de vie, elle dans son domaine plus sauvage, moi dans mon jardin portant l'empreinte de la civilisation et du bon goût (je l'espérais fermement). Je regrettais un peu de ne plus suivre de l'œil, depuis la fenêtre de mon antre, ses ébats d'autrefois dans le pré en pente mal fauché. Maintenant je pouvais voir mon œuvre, y rêver, échafauder de nouveaux projets. Ce n'était pas mal non plus.

Quand enfin je parlai de mes appréhensions à Cecilia, elle parut surprise et même incrédule. Je crus déceler dans sa réaction une pointe d'hostilité. « Stéphanie ? dit-elle. Oh non, elle n'épousera pas Denis. Elle a trop besoin d'activité. Tu la vois donnant des cours d'allemand à l'école Berlitz de Lyon ? Elle retournera en Allemagne, j'en suis certaine. Pour y faire une vraie carrière. »

Je n'en croyais rien. De mon temps, aucune jeune femme n'aurait sacrifié un amant, encore moins un mari possible, à une carrière dans les affaires ou la politique. Les filles d'aujourd'hui seraient-elles si différentes ? Après tout, me disais-je pour me rassurer, Cecilia les comprenait mieux que moi. Je ne cessais de me laisser prendre aux pièges imprévisibles de la société moderne. Mes idées dataient d'un demi-siècle et méritaient la poubelle. Les petits-maîtres qui portaient perruque en 1750 ne prévoyaient pas non plus la Révolution.

Pourtant j'ai évolué moi aussi, multiplié les efforts. Mon brave homme de père m'aurait sans délai mis à la porte si j'avais tenté d'amener chez lui une femme qui n'était pas « ma » femme. Les normes qu'il m'a enseignées, je les ai rejetées depuis longtemps. Mais je m'aperçois qu'il m'a tout de même façonné. J'ai pu modifier une attitude, renoncer à une règle, je ne changerai pas mon être entier, qui croit que la nature humaine reste immuable et que Stéphanie ne renoncera pas à Denis pour une ambition.

« Mauvaise tête ! dit Cecilia qui a guetté mon expression. Tête pourrie ! Toujours à chercher... comment dis-tu ?... quatorze heures à midi ! »

D'un bond elle est venue près de moi, derrière moi, ses deux mains appuyées sur mes tempes comme si elle voulait les pétrir.

« Toujours le passé, toujours l'avenir ! Mais ils n'existent pas. Ce sont des visions. C'est le présent qui existe, et tu oublies de le voir ! Regarde-le, pour une fois ! »

J'ai regardé. Ses yeux qui riaient, son rideau de cheveux blonds. Et au-delà, le soleil qui montait derrière les feuilles lavées par la pluie du matin. Le présent doux, apaisant. L'inquiétude est tombée de mes épaules comme un vêtement mouillé. Pour un temps au moins.

« Le rosier blanc s'est couvert de boutons. Veux-tu venir le voir avec moi ?

– Je ne peux. Il faut que je répète mon concerto. Pedro viendra demain. »

Pedro est le surnom du vieux professeur de flûte que nous avons rencontré chez Mme Sauvade. Les deux femmes l'admirent. Leur joie éclate quand il consent à les rejoindre pour un après-midi de musique. Il croit au talent de Cecilia et, depuis, elle y croit aussi et s'est mise à travailler avec acharnement. J'en suis heureux. Je me suis abstenu de lui rappeler que, autrefois, c'était elle qui me proposait des promenades et moi qui trouvais des prétextes pour ne pas la suivre. Elle aurait encore dit que je vis trop dans le passé.

Je suis descendu dans le pré où Joseph, grognon, roulait le nouveau gazon : je voulais lui demander d'arracher les mauvaises herbes qui déshonoraient nos plantations sur la pente. Mon Dieu ! Qu'avais-je dit là ! Je dus affronter un océan de récriminations.

Joseph croulait sous l'excès de travail. Joseph n'en viendrait jamais à bout tout seul. C'était le moment de traiter arbres fruitiers et arbustes, sans quoi les pucerons en feraient un festin. Il fallait encore tailler les fusains, attacher les plantes grimpantes. Et plus tard, avec une minuscule machine, le malheureux Joseph passerait des journées entières à tondre un pré pas plus grand qu'un mouchoir de poche...

« C'est bon, dis-je sèchement, je vais m'en occuper. »

Bien que je capitule presque toujours devant Joseph, j'étais résolu à ne pas céder sur l'achat du tracteur, que je juge coûteux et inutile dans un terrain accidenté. Mais je comprenais que je n'obtiendrais pas le désherbage. Le soir même, je me suis mis au travail. Mes souvenirs d'enfance ne me préparaient pas à en éprouver du plaisir. Et pourtant...

Je tirais doucement sur une touffe, les racines résistaient puis cédaient comme à regret, des grumeaux de terre noire s'éparpillaient. Il fallait creuser un peu pour les liserons, et poursuivre dans le sol les tentacules blancs du chiendent. La terre semblait tiède et vivante sous la main, je la rassemblais autour des plantes amies que j'imaginais heureuses de mes soins, plus drues, délivrées des parasites. Elles affichaient leur bonne santé sur le haut talus redevenu ordonné. Je gardais sur mes doigts noircis une plaisante odeur d'humus, âcreté et douceur mêlées.

Depuis ce premier jour quelque chose a changé dans ma vie, quelque chose que je ne puis définir mais qui me bouleverse, autant que l'autre année la découverte du laurier taillé. Donner aux plantes une forme harmonieuse ne me suffit plus, je veux les voir grandir, les dorloter, les protéger comme on fait d'un enfant. Je veux les nourrir, et me réjouir quand elles montrent de l'appétit. Je veux qu'elles puisent leur force et leur beauté dans la terre que je prépare et assainis pour elles. Je suis devenu prêt à leur consacrer une attention de tous les instants.

J'ai acheté une panoplie de petits outils pourvus de lames et de griffes, un râteau et une brouette que Joseph lui-même n'a pas le droit de toucher, et qui sont les accessoires de ma nouvelle passion. Le libraire stupéfait m'a vu revenir pour lui demander des calendriers de jardinage et des encyclopédies sur les engrais. Je guette la pluie, puisque Joseph en réclame toujours davantage, et je peste avec lui contre les feuilles mortes. Il me semble avoir conquis un tout petit peu de son estime. Enfin !

Il m'a appris à distinguer les mauvaises herbes des pousses minuscules qui sortent parfois d'une graine erratique tombée peut-être du bec d'un oiseau. Ce matin j'en ai découvert une, de laurier-tin, deux feuilles vertes sur un brin délicat, plus une troisième très pâle, nouveau-née. Quelle émotion ! Je l'ai transplantée avec mille précautions et je vais, comme disait Sauvade, la regarder pousser. Je comprends mieux maintenant que mon vieil ami consacre sa vie à son jardin. Lui, sourit de mes ardeurs de néophyte.

« Vous commencez à tromper Cecilia, m'a-t-il déclaré.

– Comment ?

– Avec vos plantes. Vous allez la négliger, si ce n'est déjà fait.

– Eh bien ! Elle, elle me trompe avec Mozart », ai-je rétorqué un peu irrité, parce que sa remarque frappait juste. Si un juge me questionnait, je devrais avouer que je ne passe plus guère avec Cecilia, en cette saison de longues journées, que les heures des repas. Le reste du temps est occupé à nettoyer, arroser, bouturer, planter, ou bien à visiter la jardinerie pour y choisir des bulbes de tulipes. Je veux en faire de larges parterres dès le printemps prochain. En hommage discret à ma petite Hollandaise. Elle me pardonnera d'empiéter sur le pré, puisqu'elle ne peut plus y jouer avec les chiens.

Depuis que je n'insiste plus, elle s'empresse d'oublier ses bonnes résolutions de coopérer au jardin. Sa nature la porte vers les libres échappées. Les plans bien ordonnés l'ennuient, et aussi les plaisirs programmés et préparés. Elle qui peut s'extasier sur une églantine, bâille à la seule idée de me voir tailler patiemment une tige de rosier au-dessus du troisième œil pour obtenir une belle rose.

Même pour la musique qui occupe une si grande part de sa vie, je sens bien qu'elle préfère l'improvisation ou le déchiffrage de difficultés nouvelles au lent travail de perfectionnement. Sa coopération en dilettante avec Mme Sauvade la comblait. Sans ce Pedro qui, en prétendant qu'elle pouvait jouer dans un grand orchestre ou peut-être un jour donner un récital, lui a apporté une excitation nouvelle, en même temps qu'un soutien compétent, elle ne passerait pas des heures à travailler son souffle pour respecter l'envolée d'une longue phrase musicale, ou à le moduler pour émettre des notes différentes avec le même doigté. Je l'entends chaque matin, tandis que je m'occupe de mes potées, donnant soigneusement à chacune l'aliment qui lui convient, et il m'arrive de me demander si je ne suis pas coupable, si je n'aurais pas dû le premier prendre conscience de ses dons et l'encourager, au lieu de la laisser glisser près de moi dans une heureuse facilité.

Mais elles étaient si douces, ces soirées d'hiver où tout en lisant j'écoutais d'une oreille la musique imparfaite mais sincère de Cecilia. Si lumineux, ces matins de printemps où elle émiettait du pain pour les oiseaux, où nous nous amusions de tout sans penser à rien. Nous savourions la paix.

La paix, ou l'égoïsme à deux ? La paix ou la démission ? La paix ou la paresse ? La question flotte autour de moi, elle m'assaille dans les gammes de Cecilia, elle monte de la terre que je malaxe, je ne sais pas y répondre. La joie de l'œuvre accomplie ou de l'obstacle surmonté ressemble peut-être plus au bonheur que la félicité du chien gavé qui se chauffe le ventre au soleil. Mais c'est un pari risqué. Un pari pour soi seul. A deux, je...

« Aïe ! » Une douleur cuisante me fait lâcher brusquement le manche de ma pioche. Je viens d'arracher la peau d'une ampoule que je m'étais faite sans même m'en apercevoir. Il me faut vite nettoyer et désinfecter la plaie. Mes grommellements sont pour la forme. En réalité, je suis content. Il n'y a rien de tel qu'une méchante égratignure pour calmer les angoisses sur le sens de la vie.

TROISIÈME PARTIE

La musique
sous les chênes verts

« Qu'il faut donc aimer quelqu'un
pour le préférer à son absence ! »

JEAN ROSTAND

1

On prétend qu'il faut cinq ans pour réussir un jardin. Soit. Le mien va embellir, pour ma plus grande joie, pendant le prochain lustre mais déjà, après deux années de travail, je le trouve superbe. Je me suis ruiné au début, vraiment ruiné, en achats d'arbres et d'arbustes qui devaient, selon mes livres, s'installer dans le sol pendant l'hiver. Mon compte en banque passé au rouge m'a causé tant de soucis que Cecilia elle-même, inquiète, a proposé de supprimer le séjour à Paris que nous consacrons chaque année à la visite de vieux amis et aux soirées d'opéra. Reconnaissant, j'ai accueilli, cette fois avec bienveillance, son projet de fêter de nouveau la Saint-Nicolas chez son frère, à Amsterdam. Là-bas, elle a fait beaucoup de musique et rencontré des artistes, m'a-t-elle dit au téléphone. Elle a même participé à un quatuor dans un concert privé. Ses parents l'ont dorlotée le temps d'un week-end. Sa voix sonnait joyeuse. Finalement, elle n'est revenue à Sauveplane que juste avant Noël. Depuis, elle s'absente ainsi chaque hiver.

Pendant tous ces mois de décembre, sous le ciel encore clément, j'ai planté avec frénésie. Ou fait planter, pour être exact, mais il m'est arrivé plus d'une fois de prêter main-forte aux pépiniéristes. Rien ne me paraît aussi émouvant que d'installer un être vivant dans une nouvelle demeure, où il va grandir, prospérer, prendre ses habitudes. Étaler délicatement ses racines dans l'excavation préparée pour lui, comme une mère arrange les bras d'un nouveau-né pour qu'il soit à l'aise dans son berceau ; répandre sur elles des pelletées de terre nourricière, abriter la jeune plante ou la soutenir parfois par un tuteur, voilà des tâches auxquelles je me consacre volontiers. J'en garde un sentiment d'accomplissement que ne m'a jamais donné la confection d'une note diplomatique, destinée presque toujours à se fondre dans une liasse d'autres notes.

Maintenant une ligne de peupliers masque le gour et sa rive broussailleuse ; le feuillage pâle des oliviers repose les yeux. Un peu plus loin, j'ai disposé quelques arbres fruitiers pour qu'en avril leur floraison rose et blanche vienne adoucir l'austérité des grands cyprès. Enfin, le long du mur de la terrasse, une profusion d'arbustes et de touffes vivaces. Je m'étais juré de ne jamais sombrer dans l'érudition botanique : impossible ! Bon gré mal gré, j'ai dû m'initier aux habitudes et aux caprices de chaque végétal, trouver quelle nourriture il préfère, quel éclairage, apprendre à le tailler, savoir à quelles dates il produit des fleurs ou des baies. Tout un savoir qui m'impose d'écouter religieusement le matin, sur mon transistor, Nicolas ou Michel le jardinier, et de passer mes soirées à chercher des détails dans de gros livres ardus. Je n'ai pas succombé pourtant à la manie des plantes rares et des noms latins d'un pied de long : je tire plus de plaisir des vieux noms poétiques : l'« arbre aux fraises », l'« arbre aux papillons », la « boule de neige » et le « lilas des Indes » continuent à m'enchanter.

J'ai mis beaucoup de coquetterie, je l'avoue, à dissimuler pendant tout un hiver mon travail encore imparfait aux yeux de mes amis. Chez les Sauvade qui continuaient à nous inviter généreusement, mes cachotteries faisaient rire. Mais quelque chose encore ne me satisfaisait pas. Le pré, réduit maintenant à un grand ovale vert, me paraissait ennuyeux, je lui trouvais l'air sot, emprunté, j'aurais voulu que quelque chose vînt arrêter le regard, pour rendre apparente la symétrie, pour attirer l'attention sur les subtiles correspondances que j'avais ménagées entre les diverses parties du jardin. Un bassin ? Non, le trajet de l'eau ne serait pas naturel. Un arbre ? Encore moins : il empêcherait les yeux d'aller se reposer sur les frondaisons qui bordaient le ruisseau. Le problème m'exaspérait d'autant plus que le « minet » l'aurait résolu en un clin d'œil, mais depuis des mois je mettais mon point d'honneur à ne plus le consulter. Le jardin devait rester mon œuvre à moi, et même mon chef-d'œuvre, s'il répondait à mes espoirs.

Ma préoccupation devenait si intense que je la laissai paraître au cours d'un déjeuner où Mme Sauvade avait réuni quelques gloires locales.

« Il faudrait une statue, dit le vieil historien.

– Ou plutôt une sculpture moderne », rectifia le peintre, en louchant vers la femme – sculpteur, qu'il courtisait sans vergogne.

Je me retins tout juste de hausser les épaules. Ces idées-là m'étaient déjà venues, naturellement, mais elles ne convenaient pas à mes finances réduites. Les gens prennent les ambassadeurs pour des Crésus, ils sont ridicules.

« Pourquoi n'allez-vous pas chez Marius ? intervint l'historien.

– Marius ?

– Le propriétaire du chantier de démolition, sur la route d'Aiguière. Il a des monceaux de vieilles pierres. Et sûrement quelques-unes de belles. »

J'y ai traîné Cecilia que, par bonheur, la faconde de Marius a divertie. Il nous a promenés dans un vaste champ où s'entassaient des piles branlantes de carrelages, des morceaux de tuyaux de ciment, des vieilles cheminées, des pierres blanches, grises ou roses de toutes les formes. Une vieille cloche de bronze s'ennuyait dans l'herbe à côté de dalles ébréchées, débris misérables qui avaient eu leur temps de gloire, témoins respectés de naissances, de deuils, de querelles ou d'amours passionnés. Cecilia s'attendrissait et je m'apprêtais à lui réciter le poème dans lequel Heredia évoque la poussière où gît l'orgueil des générations passées – quand soudain je le vis, l'objet de mon rêve ! A dix pas de nous, émergeant fièrement d'un tas de galets crasseux. Une colonne torse en pierre, couronnée de raisins et de feuilles de vigne, qui avait sans doute décoré une fenêtre ou soutenu l'arche d'un cloître, car elle ne dépassait guère la hauteur d'une commode. J'eus soin de cacher mon ravissement à Marius, mais je la voulais avec frénésie, je l'ai emportée enroulée dans une couverture comme autrefois on enlevait une bien-aimée, et maintenant, juste au centre de l'ovale élégant de la pelouse, elle attire tous les regards.

Nous avons solennellement invité les Sauvade le jour de Pâques. A vrai dire, je comptais sur leur enthousiasme pour influencer Cecilia. Le jardin tenait toutes ses promesses. Les derniers forsythias luisaient comme des torches et les cerisiers se couvraient d'une mousse blanche. Les jeunes buis montaient la garde autour de ma précieuse colonne coiffée de pampres de pierres, et des boutons précoces apparaissaient déjà sur les rosiers entourés de tulipes. J'étais si fier que j'oubliai de jouer les modestes. Cecilia elle-même souriait de me voir si heureux.

« Vous avez accompli un véritable miracle ! disait Sauvade, l'œil taquin.

– Vous voulez dire : un grand travail. Qui a pris des mois de mon temps et m'a amené, je le crains, à négliger la maison.

– La maison, et aussi cette jeune femme, je parie !

– Je lui pardonnerai peut-être, dit Cecilia.

– Vous devriez. Rappelez-vous que “le Seigneur Tout-Puissant commença par créer un jardin”.

– Je sais. C’est Francis Bacon qui l’a fait remarquer. On me l’a appris à l’école.

– Il a bien raison ! On rend hommage au Seigneur dans un jardin encore mieux que dans un temple.

– Et encore mieux sous les arbres d’une vraie forêt », répliqua Cecilia non sans une pointe d’agressivité, et Sauvade lui jeta un regard curieux nuancé d’inquiétude. Je reconnaissais là sa manie de guetter les symptômes. Il se souciait de Cecilia, qui pourtant ne demandait rien, il multipliait les allusions agaçantes. C’était lui – l’avait-il oublié ? – qui m’avait poussé vers la passion du jardin. Je me souviens de ses incitations sournoises, de ses encouragements quand j’hésitais encore. En ce temps-là, il craignait pour moi l’oisiveté, le vide destructeur d’une existence sans projets. L’effet de son remède a sans doute dépassé ses prévisions. Mais il est incorrigible : un vieux médecin qui a renoncé à soigner les corps mais s’inquiète encore des âmes.

Depuis cette visite, plus d'une année s'est écoulée, Cecilia et moi travaillant chacun de notre côté, sans que je prenne conscience de la fuite du temps : chaque jour, je songe à préparer mon jardin pour une saison nouvelle, non à m'attrister sur celle qui se termine. Je l'explore à l'aube, mon sécateur à la main pour ôter les fleurs fanées et les branches indiscrètes. Puis je le soigne, je le surveille, je le contemple, tâches et joies sans cesse renouvelées, chagrins aussi, quand une plante se dessèche et meurt. Je guette ses odeurs de terre chaude ou de feuilles mouillées, ses concerts d'oiseaux, j'aime ses couleurs changeantes, je l'aime. Et je crois qu'il me le rend.

Sauvade et sa femme ont dû faire l'éloge de mon œuvre auprès de leurs amis car mon téléphone m'a transmis ce matin un appel inattendu : celui d'un journaliste de passage à Villeneuve-sur-Colzac. Son magazine, dont j'ai oublié le titre, quelque chose comme *La Main verte*, s'intéresse aux créations nouvelles. Plutôt flatté, j'ai accepté de le recevoir dans l'après-midi. Pendant trois heures, il a parcouru le terrain en tous sens, examiné, commenté, admiré, discuté et posé des questions, pertinentes ou saugrenues, tandis que son photographe prenait des dizaines de clichés, en grande partie superflus. Quand ils m'ont quitté, épuisé, je me suis écroulé dans un fauteuil. Je n'ai pas remarqué tout de suite le silence inhabituel : d'ordinaire, les chiens se poursuivent, se bousculent en jouant ou pleurent pour réclamer leur pâtée. Ils n'étaient pas rentrés.

Cecilia avait dû les emmener à la ferme pour chercher quelque salade destinée au dîner, et bavarder trop longtemps. Du temps passa, je m'impatientai. Je me décidai à interroger Joseph, qui jouait à la pétanque avec ses deux petits-fils derrière la haie. Ils ne l'avaient pas vue.

Elle est allée bouder près de Mme Sauvade, pensai-je avec irritation. La visite du journaliste lui déplaisait, je l'avais clairement perçu. Elle avait fui vers la garrigue avant son arrivée. Avec les chiens. Mais quelle étrange idée de les avoir emmenés chez les Sauvade ! Brusquement, je me souvins que ceux-ci venaient de s'absenter pour trois jours. Dans la soupente, la flûte avait pourtant disparu. Je téléphonai à

Pedro, qui se révéla cloué au lit par une bronchite.

J'imaginai un accident sur la route ; mais non, la gendarmerie aurait prévenu, la jeune femme était connue dans le voisinage. Alors une pensée folle, angoissante, me vint à l'esprit et me jeta dans l'escalier vers la chambre. Les vêtements paraissaient en ordre, les bibelots qu'elle aimait n'avaient pas bougé sur sa table de nuit. J'eus honte de mon affolement, et plus encore de mon soupçon. Calmé, je devinai qu'elle avait dû, pour éviter l'indésirable visiteur, prolonger un peu trop sa promenade dans la garrigue. Peut-être s'était-elle égarée : tous les chemins se ressemblent. Je partis à sa recherche vers le haut de la colline, soufflant et ahanant dans la montée trop raide.

C'est presque au sommet de la pente que je l'ai entendue : une mélodie aiguë, cristalline, qui perçait les feuillages, et dont le rythme allègre semblait destiné à animer une farandole de dryades. Je m'arrêtai interdit, reprenant mon souffle, rassuré et déconcerté. Puis je perçus une suite de notes plus graves, détachées comme les grains d'un chapelet, qui s'enroulait assez joliment autour de l'air de flûte. Voir sans être vu est un plaisir rare : je m'emplis les yeux du spectacle, Cecilia debout, mince et cambrée, le guitariste à la tignasse mal peignée lui donnant activement la réplique, les deux chiens allongés le museau sur les pattes, le regard fixe comme hypnotisé, sur le seuil de la cahute branlante.

Quand ils s'arrêtèrent enfin, riant et s'exclamant, je me montrai.

« Étienne ! cria Cecilia, qui courut vers moi et me prit par le bras. Je crois que tu n'as jamais rencontré Frank. Il vit ici tout seul. C'est un guitariste étonnant, tu ne trouves pas ? »

Le sang-froid me revenait difficilement.

« J'étais passablement inquiet. » Ma voix semblait un peu rauque, je la gouvernais mal.

« Pourquoi ? Oh ! Mon Dieu ! Il est très tard ! Nous avons complètement oublié l'heure ! Nous nous amusions si bien ! »

Elle couchait délicatement la flûte dans son étui, ôtait un grain de poussière.

« A bientôt, Frank ! Je reviendrai, si mon professeur n'est pas guéri ! »

Pas la moindre trace de culpabilité dans le ton léger. J'en restais abasourdi. Parce que, de toute évidence, cette séance musicale avec le marginal n'était pas la première. Je savais, assurément, que Cecilia le rencontrait de temps en temps, et même qu'elle lui apportait à l'occasion une aile de poulet ou une part de gâteau. Je n'avais fait aucune objection. Mais je n'imaginais pas entre eux une pareille intimité. Elle m'avait soigneusement caché le plaisir qu'elle prenait à ces relations amicales – ou plutôt complices. Maintenant que je les avais découvertes, elle devenait volubile, comme une enfant heureuse de s'épancher.

« Il jouait à Paris dans le métro. Et il gagnait beaucoup d'argent ! Mais il en a eu assez de respirer cet air pollué. Il avait envie de campagne. Il aime la garrigue sauvage. Comme moi. »

Inconsciente. Inconsciente gamine. Sans répondre, je descendais la pente à grandes enjambées. Qu'y avait-il au juste entre ces deux-là ? Tout semblait possible, y compris l'heureuse innocence que suggérait l'aisance de Cecilia. Mais aussi le pire. J'aurais jugé indigne de poser la moindre question.

« Tu ne dis rien. Tu n'es pas fâché ? »

Je n'étais pas fâché, seulement endolori. Dans le tumulte de pensées et de sentiments qui m'occupaient la tête ou m'étreignaient le cœur, je prenais conscience d'une vérité que jusqu'à présent j'avais refusé d'admettre : ma seule présence ne suffisait plus à rendre Cecilia heureuse.

2

La vie n'a plus le même goût. Comme si une goutte de réalité suffisait à empoisonner tout un festin de plaisirs illusoires.

Je me gourmande, je me crois devenu fou ou stupide. Car je ne puis rien reprocher à Cecilia, rien sauf une légère omission, probablement inoffensive. En vérité, je ne lui reproche rien. Elle a le droit de vivre. Elle a le droit d'apprécier une compagnie plus jeune et plus gaie que la mienne. Mais je suis tombé, brutalement, du piédestal que je m'étais moi-même construit.

Ah ! Comme j'étais content de moi, pendant toutes ces années ! Séducteur, pacifique, généreux. La vie m'avait offert pour mes plaisirs une gracieuse créature. Je ne l'enfermais pas comme un insecte dans un bocal de verre, elle m'appartenait de son plein gré, elle me dispensait admiration et adoration inconditionnelles. Ma seule présence suffisait à la combler ! Rien à voir avec ma riche personnalité qui, elle, se nourrissait d'autres passions : mes livres, mon jardin, sans compter le souvenir d'Olga, à qui personne ne pouvait se comparer !

J'étais égoïste et ridicule. Honte à moi.

Pourtant, à d'autres moments, je me rebelle, l'indignation me submerge. Comment Cecilia peut-elle prodiguer de l'amitié à ce « clochard » ? Ai-je donc mérité que tous me trahissent, elle comme Denis ? Il me vient des envies de meurtre. On ne devrait pas tolérer des êtres comme ce Frank dans un pays civilisé. Puis je saute à l'autre extrême, je suis prêt à tout pour retrouver « ma » Cecilia. A l'emmener à l'autre bout du monde. Ou même à détruire ce jardin qui m'a conduit à la négliger. Impulsion passagère : je sais bien que je ne le ferai pas.

« Vous ne semblez pas dans votre assiette », a remarqué Sauvade en tirant sur sa pipe.

J'ai nié, menti, prétendu que tout allait pour le mieux. Je ne comprends pas par quelle étrange sorcellerie il a extrait de moi, contre mon gré, le récit de ma rencontre dans le bois. Il s'est arrêté de fumer. Il a pris son temps pour remplir deux verres de son punch, une mixture de rhum et de Martini parfumée à l'orange, qu'il concocte seul et garde dans un antre secret. Il se tenait à quatre pour ne pas crier : « Je vous l'avais bien dit ! »

Quand il parla, ce fut d'une voix très basse, après un long silence.

« Personne ne s'approprie jamais un autre être, vous le savez bien...

– Ce n'était pas non plus mon souhait !

– Non. Vous acceptiez seulement que Cecilia renonce à elle-même de son plein gré. Mais la vie se venge. Il faut qu'elle s'exprime. Parfois... n'importe comment ! »

Que pouvais-je répondre ? Je n'avais pas non plus renoncé à moi-même.

La pipe s'était éteinte. Il haussa les épaules, la secoua, tapota le banc à petits coups.

« Le passé ne crée pas de droits sur l'avenir », dit-il encore, et je crus percevoir un léger soupir.

« Que voulez-vous dire ? Qu'elle va me quitter ?

– Oh non ! Elle tient à vous ! Mais vos chemins s'écartent. Un jour vous vous séparerez. Mais pas tout de suite... »

Il sourit :

« Vous pouvez accepter sa liberté, et durer... »

Tout y était, le diagnostic et l'ordonnance. Difficile à suivre. Je le tente pourtant. Je travaille à retrouver la sérénité, à contrôler les éruptions de culpabilité ou de colère qui surviennent encore. Et à me montrer plus attentif près de ma compagne. Je pousse même la complaisance – ou la lâcheté, ou le désir de surveiller, comme on voudra – jusqu'à l'accompagner quand elle décide de grimper jusqu'à la cahute dans les bois. Rarement, il est vrai, et je puis invoquer mon souhait de la protéger. Je n'ignore pas qu'avec sa flûte elle emporte un sac de provisions pour son clochard. Le reste du temps, comment vit-il ? De chapardages, probablement. Dans les garrigues les mûres et les champignons se font rares, et les lapins meurent de myxomatose.

Ma présence ne semble pas trop gêner le jeune homme. A notre arrivée, il embrasse Cecilia qui ne s'en offusque pas, et me manifeste son dédain par un salut ostensiblement cérémonieux, puis il m'ignore tandis que tous deux accordent leurs instruments. Leur musique ne ressemble guère à celle des soirées de Sauveplane : elle éclate au milieu des arbres, rythmée, dansante, quasi jubilatoire. A ma grande surprise, j'y prends plaisir. Ou plutôt j'y prendrais plaisir si je ne souffrais en même temps de voir Cecilia rire et s'amuser. Plus gaie, plus détendue qu'elle ne l'a jamais été près de moi. La complicité, le partage que j'ai tant espérés, que j'ai presque mendiés, qu'elle me refuse encore après six années de vie commune, elle les dispense généreusement à ce guenilleux qui n'a rien fait pour les mériter. Elle ne s'en rend même pas compte. Je subis seul la torture de la lucidité.

J'épie leurs attitudes, leurs expressions, le ton de leurs voix, je n'y découvre aucune trace de secret, ni même de penchant amoureux. Elle m'aime encore, je le sais bien. Mais peut-être plus pour longtemps. Je lis dans ses yeux brillants, dans les arpèges enivrés qu'elle arrache à sa flûte, le signe qu'elle est sans le savoir prête pour une nouvelle passion.

Le sommeil me fuit. Parfois, dans la nuit, j'allume la lampe pour regarder dormir Cecilia, que rien ne réveille. J'épie sa respiration presque imperceptible, comme celle d'un enfant. Un tel abandon confiant m'emplit le cœur de tendresse. Je résiste au désir de caresser l'épaule ronde, d'écarter les cheveux qui balaient la joue bronzée. Ma libellule, qui ne pourra longtemps rester mienne. Notre vie commune ressemble à ces maisons anciennes qui se dressent fièrement pour l'admiration des passants, mais que des lézardes sournoises rongent de l'intérieur.

Mais dès que le jour laisse passer des rais de lumière aux fentes des volets, je me glisse hors de la chambre. Les délicieux matins d'autrefois, où l'odeur du café venait m'arracher à la paresse, ne sont plus qu'un souvenir. Depuis que je consacre plus de temps à Cecilia dans la journée, j'ai décidé de me lever tôt. Il y a tant à faire dehors. Arroser encore et toujours, et ôter les fleurs fanées, tailler les lavandes et les romarins, palisser les pousses des rosiers, bouturer les géraniums et mille autres menus travaux. Joseph ne peut suffire à tout. D'autant qu'après les premières pluies il va consacrer des journées entières à la cueillette des champignons. Je ne puis m'en plaindre, parce qu'il a promis d'emmener Cecilia, enchantée. Joseph semble plus que jamais soucieux de prendre soin d'elle. Dans certaines limites : pas plus que moi il ne sacrifierait pour la distraire le jardin dont il est si fier.

Un printemps mouillé et un été lumineux ont donné à nos plantations un lustre sans pareil. Gras, nourris, les lilas des Indes sont encore couverts de grappes roses. Les arbres s'élancent avec une vitalité nouvelle. La pelouse reverdit sous la rosée matinale. Ce premier coup d'œil sur mon jardin qui s'éveille, sur les feuillages où s'accroche encore un lambeau de brume, sur les haies qui respirent la fraîcheur du matin, sur les fleurs gorgées de sève nocturne, m'est un délice chaque jour renouvelé. Il apaise les tourments de la nuit, donne au bonheur de vivre une autre dimension. Les incertitudes se dissolvent dans la lumière naissante.

Je reviens heureux vers la maison, oublieux de mon dos las, de mes mains noircies, de mes vêtements froissés. Et là-dessus le téléphone grelotte, et j'entends mon nom soigneusement articulé par une voix féminine plutôt engageante.

« Je suis Mme Jean-Pierre Lepski, dit-elle.

– Madame... ?

– Lepski. La nièce de la comtesse de Saint-Andoche, que vous connaissez, je crois.

– Si peu...

– J'ai vu des photos de votre jardin dans *La Main verte*. Elles m'ont pâ-a-ssionnée. Je suis présidente de la Société d'horticulture du département.

– Ah !...

– Vous avez accompli un admirable travail de création. De l'originalité, des idées nouvelles... Et en si peu de temps, c'est vrai-ai-ment superbe ! »

Je ne suis qu'un pauvre humain, après tout. Les compliments me flattent, l'admiration qu'on porte à mon œuvre amollit ma rancune. Et puis cette Lepski n'est pas responsable des préjugés de sa tante. En un mot, je me laisse circonvenir. J'accepte de montrer mon jardin à Madame la Présidente. Pour me justifier, je me répète que ses conseils pourront se révéler très utiles.

Cecilia va disparaître, je le sais, j'en suis sûr, tout le temps que va durer cette visite. Peut-être devrais-je y renoncer, mais la tentation est trop forte. J'ai besoin de partager le bonheur que me donne mon jardin d'automne, que les asters illuminent de milliers d'étoiles mauves. Mme Lepski ne pourra pas rester insensible au charme mélancolique des dernières roses, qui savent mourir sans vieillir, en se dépouillant d'un seul coup de leurs pétales encore vifs. Comment pourrais-je expliquer à Cecilia la fascination qu'en toute saison exercent sur moi les fleurs qui vont disparaître ? Les dahlias noircissent au bout de tiges déplumées, les chrysanthèmes jaunissent et s'affaissent, au printemps les freesias se rident comme la peau d'une vieille dame ; en revanche, j'admire les orchidées qui luttent vaillamment contre la décrépitude. Au milieu des pétales qui se fanent, le cœur tacheté de rouge se dresse encore, vigoureuse petite trompette obstinée à maintenir un reste d'éclat. Leur courage, aussi bien que l'élégance des roses, m'est une constante leçon. Bientôt, sans doute, ma seule ambition sera de finir ma vie en beauté. Bientôt, mais pas encore. Il me faut d'abord achever mon jardin.

Pendant deux heures, la présidente me gave de compliments. Mieux : elle s'intéresse vraiment à mes efforts, elle discute, elle suggère, elle comprend. Une bizarre fraternité lie entre eux les passionnés des plantes, ceux qui acceptent de se salir les mains par amour de la terre.

« J'aimerais montrer ce jardin aux membres de la Société d'horticulture, ronronne Mme Lepski. Ils seraient enthousiasmés. Consentiriez-vous à nous accueillir lors d'une de nos sorties, au printemps prochain ? »

Refuser ne se conçoit même pas.

« Et il faut absolument que vous visitiez le jardin de Saint-Andoche. Ma tante y donne beaucoup de soins, elle serait ravie d'en parler avec vous... »

Je reconduis la bavarde au portail, non sans un léger sentiment de triomphe : elle vient de m'apporter mon brevet d'admission dans la « société » de la région. L'idée me traverse que la présence de Cecilia m'a privé de la compagnie de mes semblables, et que mon jardin m'y ramène. Une pensée sacrilège que je m'interdis aussitôt.

A vrai dire, Cecilia pourrait dire aussi que je l'ai écartée du monde et que la musique l'y ramène. Avec la complicité de la généreuse Mme Sauvade et de Pedro. Ce n'est pas par hasard qu'elle vient de recevoir une invitation à donner un récital, modeste évidemment, à un échelon purement local, mais dont l'approche la gonfle à la fois d'appréhension et de fierté, et l'oblige à travailler. Elle va moins souvent dans la garrigue. Je l'encourage de mon mieux, je ne veux plus me montrer négligent, je l'écoute, je commente ses progrès.

Vers la fin d'octobre, la lumière est encore douce et jaune comme du miel. Un jour où nous achevons notre déjeuner sur la terrasse ensoleillée, Cecilia saisit son panier et appelle les chiens.

« Je monte voir Frank. C'est la dernière fois cette année.

– La dernière... ?

– Il a froid dans sa cabane quand le mistral souffle. Il s'en va pour l'hiver.

– Où cela ?

– Il ne le dit pas. Il reviendra en mars. »

Quatre mois, et même davantage. Quatre mois pour moi seul, pendant lesquels je peux travailler à la détacher de cet individu que je ne crois pas digne de son amitié.

Quatre mois qu'elle va consacrer à cette musique qui paraît ouvrir pour elle une carrière.

Le bonheur d'autrefois ne reviendra pas, je le sais. Mais si Sauvade a raison et que nous devons un jour nous détacher l'un de l'autre, je ne la laisserai pas sous l'influence d'une espèce de fou qui la tirerait vers la marginalité.

Je l'aime assez pour la protéger jusqu'au bout.

3

Denis m'a longuement téléphoné ce matin. Gai, comme à son habitude. Il commentait avec philosophie, et un brin d'humour, son prochain changement de situation. Sa firme manifeste l'intention de lui confier la direction d'une succursale à l'étranger. Où ? Il ne le sait pas encore. Pourquoi pas, dis-je, dans un pays de ce Proche-Orient qu'il connaît si bien ?

« U-uh ! grogne-t-il. Je n'y tiens pas. Trop loin de l'Allemagne. »

La surprise me fait bégayer.

« Comment ? Tu veux dire que... euh... Stéphanie...

– Elle ne pourra pas m'accompagner, naturellement. D'ailleurs, elle a d'autres projets. Elle va se présenter aux prochaines élections dans le Land de Hesse. Comme candidate écologiste. »

Ainsi je me suis trompé. Totalement. Cecilia avait raison, Stéphanie préfère sa carrière au mariage. A moins que Denis ne le lui ait pas proposé. Comment savoir ? Je ne comprends rien aux murs de cette nouvelle génération. Mes réticences ont peut-être influencé mon fils. Pourtant, il tient encore à son Allemande, puisqu'il ne veut pas s'éloigner.

Des pensées, des suppositions, de vagues projets se pressent dans ma tête. Peut-être puis-je profiter de cette situation nouvelle pour influencer Denis plus encore. J'ai besoin d'y réfléchir. Et naturellement, c'est en travaillant à mon jardin que je puis mettre mes idées en ordre.

Le vent nous a tourmentés presque toute la semaine. Sur ce versant abrité du mistral, les souffles venus du sud ou de l'ouest se permettent de brusques caprices. Ils se lèvent vers midi, quand le soleil cuit la terre sèche de la colline ; ils bondissent à travers la combe, se heurtent à la maison et tourbillonnent en sifflant, parfaitement capables d'arracher un jeune arbre comme un fétu de paille. Après leur passage, Joseph vient évacuer les tas de feuilles mortes et compter avec moi les branches cassées.

Nous nous retrouvons souvent dès le réveil, à l'heure où Cecilia dort encore. J'ai pris goût à ces promenades autour de mon domaine, dans l'air tonique du petit matin. Je croque la dernière pomme en guise de petit déjeuner. Je m'emplis les yeux de couleurs, le rouge sombre de la vigne vierge ou le jaune pâle des chênes dont les feuilles refusent de tomber. Mon sang circule plus vite et me donne l'illusion de retrouver la jeunesse. On dirait que nos vies se sont inversées. Cecilia, elle, sort moins, passe de longues heures à son instrument avant de venir, épuisée, s'écrouler devant le feu de cheminée. Depuis la réussite de son récital, son ambition grandit. Complimentée, fêtée, droguée de succès, elle m'échappe de plus en plus. J'y consens, j'en éprouve même du soulagement. Assez longtemps j'ai empêché « ma » libellule, par la seule force de ce « ma », de prendre son essor. Qu'elle s'envole ! D'autant plus que son travail la fait revenir au répertoire classique, qui m'enchante et l'éloigne de ce détestable Frank. Elle ne me parle plus de lui, et j'y pense de moins en moins.

« Un des grands cyprès a été abîmé », déclare Joseph. Je n'en suis pas surpris. Toute la journée d'hier, je les ai regardés, de loin, osciller et plier sous la tempête. Les troncs ont tenu bon. Mais deux branches cassées pointent à angle droit, donnant au fût enlaidi une allure souffreteuse.

« Dès que le vent sera tombé, je téléphonerai à l'élagueur, dis-je consterné.

– Pas la peine. Y viendra point pour deux branches cassées. »

Joseph se gratte la nuque, signe d'une intense préoccupation.

« P't'êt' ben qu'avec la grande échelle...

– Vous n'y pensez pas, Joseph ! A votre âge, on ne prend pas de risques. »

Il me tourne le dos, je l'ai vexé. Il n'admet pas qu'on le prenne pour une mauviette. Tous les jours il me prouve, et se prouve à lui-même, qu'il garde un cœur intact et de la force dans les bras.

Si bien que je me suis à peine étonné,

deux jours plus tard, en apercevant de ma fenêtre une haute échelle dressée contre le cyprès. Peut-être aurais-je dû aussitôt protester, appeler, mais je n'y songeai pas, je souris sottement en constatant une fois de plus l'entêtement du vieil homme. Il se dressait tout en haut, il tendait vers la branche cassée son bras armé d'une scie, plus loin, un peu plus loin encore. Je n'ai pas vu l'échelle osciller, Joseph n'a pas crié, je n'ai entendu que mon propre hurlement, je n'ai senti que mon élan désespéré vers l'escalier de la tour, vers le jardin, vers la falaise au pied de laquelle gisait le malheureux. Mes yeux refusaient de fixer son visage, les arbres tournaient autour de moi comme dans un manège fou, je remarquais d'absurdes détails, la veste froissée, un sécateur tombé sur la pointe et piqué dans l'herbe. Il me fallut vingt secondes interminables pour reprendre mes esprits. Alors j'entendis les chiens gémir derrière la clôture, comme s'ils comprenaient ce qui venait d'arriver.

Bizarrement tordu, le grand corps ne bougeait pas. Avec précaution, je soulevai le bras : le pouls battait faiblement. Quand je levai les yeux, Cecilia accourait, le visage blanc, les lèvres tremblantes.

« Il vit, va tout de suite prévenir les pompiers. Appelle aussi Sauvade. » Je souhaitais l'écarter, que surtout elle ne voie pas ces yeux fixes, grands ouverts, que jamais elle ne pourrait oublier. Du reste le blessé avait besoin de ma présence, ne fût-ce que pour le protéger contre des bonnes volontés maladroites. Je savais qu'on ne devait pas chercher à le relever.

Le quart d'heure qui suivit m'a paru l'un des plus longs de toute ma vie. Le vieux ne reprenait pas connaissance. Mme Fabre, heureusement présente, avait pris en charge Cecilia sanglotante et alerté la ferme. Derrière moi, le fils et la belle-fille de Joseph commentaient l'accident.

« Je lui disais bien de se reposer, mais allez donc l'empêcher ! Il en faisait toujours trop !

– On peut pas le laisser comme ça par terre », ajoutait l'autre, et je me sentais accusé par tous.

Sauvade enfin arrivé ne me rassura pas. Il jugea probable une fracture du bassin, mais la perte de connaissance suggérait aussi un traumatisme crânien. Déplacer le blessé restait interdit.

« Les pompiers de Villeneuve disposent d'une ambulance, n'est-ce pas ? » Je sentais grandir mon inquiétude.

« Ou...i. Et d'un médecin, puisque officiellement je n'exerce plus. A condition qu'il ne soit pas en tournéc. A condition aussi que les pompiers ne reçoivent pas d'autre appel : ils ne donneront jamais la priorité à un homme de quatre-vingts ans ! »

Nous avons attendu dans l'angoissc. Lcs pompiers sont tout de même arrivés. Une demi-heure à peine s'était écoulée, qui nous avait parue un siècle. Le médecin a pris la tension et a fait une piqûre. Il semblait encore plus inquiet que Sauvade, ou moins sûr de lui. Il manquait peut-être d'expérience.

« On va l'emmener à l'hôpital de Lans, décida-t-il enfin.

– Lans ? Mais il y a plus d'une heure de route, avec les tournants !

– Je sais. C'est le centre le plus proche qui ait un service d'urgences. » Il eut un brusque sourire, mi-excuse, mi-compassion. « Je resterai avec lui. Ne paniquez pas, le camion est bien équipé. Je pourrai faire une perfusion, ou même poser un respirateur, au cas où… »

Très experts, les pompiers glissaient une planche sous le corps de Joseph et le ficelaient pour qu'il ne puisse glisser. Son fils suivrait l'ambulance en voiture.

« J'irai aussi », dit derrière moi une voix déterminée. Cecilia avait échappé à Mme Fabre. Elle ne pleurait plus, son regard bleu me transperçait comme une lame. Nous suivîmes le convoi tout au long des interminables lacets de la route. A l'hôpital, l'interne effrayé appela un réanimateur et le chirurgien de garde. Le temps passait, la radio montrait un léger enfoncement derrière le crâne. Le coma s'expliquait sans doute par un hématome profond, les médecins ne se sentaient pas capables d'opérer, il fallait d'urgence un scanner dans un service de neurochirurgie.

Nous vîmes l'ambulance s'ébranler de nouveau, précédée cette fois par deux motards de la gendarmerie. Encore une heure de route pour Nîmes, mais nous ne pouvions plus accompagner le convoi. Notre voyage s'arrêtait là.

Pendant les jours qui ont suivi nous sommes restés suspendus au téléphone, anxieux et furieux de n'avoir droit qu'à des commentaires réticents. Les infirmières trop sollicitées semblaient à la limite de l'exaspération. Revenus en même temps que nous, les enfants de Joseph avaient repris leur train-train quotidien, manifestant l'indifférence, ou la résignation, ou la sagesse des paysans devant les coups du sort : ils ne pouvaient abandonner la ferme, ni les enfants, bien que nous eussions proposé de les prendre avec nous. Mais à quoi bon, disaient-ils, rester près d'un homme inconscient ? On l'avait opéré tout de suite, pendant de longues heures. On avait truffé sa hanche de broches et de plaques, mais de la fracture du crâne nous ne savions rien, sinon que le blessé devait sortir du coma. Normalement. Sauf si...

Cecilia abandonnait sa musique pour errer sans but dans les pièces vides. Le temps passait plus vite pour moi, qui devais seul tondre une dernière fois la pelouse ou entasser les feuilles mortes. Aucun de nous deux n'avait su mesurer la place que Joseph tenait dans nos vies. Aïeul, ami, conseiller, compagnon, à sa façon bourrue il jouait tous les rôles. Nous ne pouvions même pas envisager la vie sans lui.

Le cinquième jour, l'infirmière annonça qu'il reprenait conscience peu à peu, mais restait trop faible pour recevoir des visites. Cecilia inondée de joie criait presque dans le téléphone : « Demain il ira mieux, n'est-ce pas ? Nous pourrons venir demain ? »

Elle appela dès le matin pour confirmer notre projet. Longtemps elle demeura silencieuse ; enfin elle remit l'écouteur en place, lentement, précautionneusement, puis se leva et se dirigea vers la porte comme une automate. Elle ne se retourna qu'au moment de sortir.

« C'est fini, murmura-t-elle. Embolie pulmonaire. »

Je restai moi aussi cloué sur place, sans chercher à la suivre. Il était clair qu'elle voulait rester seule pour pleurer.

4

Le silence enveloppe la maison. Le silence, je l'aime, je le recherche volontiers. Quand je suis seul. La présence proche d'une autre personne le rend angoissant, il pèse alors comme une vague menace.

Le moment que j'attendais, où Cecilia s'écroulerait dans mes bras pour se décharger de son chagrin, pour quêter peut-être une consolation, ce moment n'est pas venu. Droite et muette pendant l'enterrement de Joseph, elle n'a pas mis sa main dans la mienne. Que j'éprouve aussi de la peine, elle ne peut l'ignorer. Elle choisit pourtant de ne pas partager. Non qu'elle veuille, par fierté, cacher ses larmes : elle ne pleure plus, j'en suis certain, comme si quelque chose en elle se desséchait peu à peu. Une partie de sa joie de vivre s'en est allée avec Joseph ou avec le vent d'automne qui ne nous laisse guère de repos. Elle se plaint du froid. Elle ne court plus les bois avec les chiens, elle les promène brièvement autour de la ferme, avec l'expression morose qui trahit l'ennui d'une tâche accomplie par devoir.

Prudent, je ne la questionne pas, je me contente de noter avec inquiétude son éloignement pour tout ce qui, jusqu'à ces dernières semaines, semblait rythmer et égayer sa vie. A peine terminés les repas, pendant lesquels nous n'échangeons guère que des banalités, Cecilia se rue, le soir vers l'écran de télévision, le jour vers son grenier, son pupitre et ses partitions. A entendre la manière nouvelle dont elle répète vingt fois la même phrase, cherchant la perfection dans les sonorités, éliminant la plus petite hésitation, je me rends compte qu'elle n'a plus besoin d'encouragements pour travailler. Comme si d'un seul coup l'étude avait remplacé tout le reste de la vie.

J'essaie de la complimenter sur ses progrès et ne tire d'elle qu'un sourire poli, presque réticent. Dans quelques semaines, elle partira pour passer chez Harco la fête de Saint-Nicolas, selon la tradition désormais établie. Je crains qu'elle ne prolonge son séjour. Ses frères, je le sais, se sont entremis pour elle auprès des nombreuses relations qu'ils entretiennent dans les milieux musicaux, de sorte que, pendant sa visite à Amsterdam, elle participera à plusieurs concerts. Je ne puis raisonnablement m'en plaindre. Il est bon que des préoccupations nouvelles envahissent son esprit, le délivrent de souvenirs, joyeux ou cruels, que je voudrais voir effacés.

Dès qu'elle disparaît dans l'escalier, je cours retrouver mon jardin qui ne peut se passer de moi. Je croyais que je n'aurais aucune peine à m'en occuper seul quelque temps, puisque la nature se repose à l'approche de l'hiver. Erreur : je trime du matin au soir. Asperger les jeunes arbres de fongicide, arracher et brûler les plantes fanées, bientôt planter les tulipes... travail sans fin, qui m'épuise même si je m'y consacre avec joie. Je rentre sale, courbatu, les pieds boueux, les ongles noirs, les reins douloureux. Il me faut reprendre figure humaine à grands coups de jets d'eau, de brosses et de peignes, si je veux offrir à Cecilia, pendant le dîner, une apparence relativement séduisante. Enfin, je suis heureux de m'écrouler dans un fauteuil pour jeter un coup d'œil aux journaux qui m'attendent depuis le matin, sagement pliés sous leur bande. Jamais je ne me serais cru capable de négliger ainsi l'information, autrefois ma première nourriture. Maintenant, je le confesse, les discussions autour d'une table ronde à Caracas ou Manille me perturbent moins qu'une attaque de charançons sur mes pommiers. La table ronde se passe fort bien de moi, tandis que je puis lutter contre les insectes avec quelque efficacité, et en retirer un sentiment de triomphe.

Mais je ne pourrai longtemps mener ce train. Le moment est venu de rentrer les citronniers, de bêcher les plates-bandes, toutes tâches que je ne puis accomplir seul. Discrètement, j'ai demandé à Mme Fabre de me trouver un homme qui puisse, non remplacer l'irremplaçable Joseph, mais se charger des gros travaux. Un jardin ne se néglige pas. Une seule année sans soins, et le voilà qui se laisse envahir de parasites et menace de retourner à l'état sauvage.

Les réactions de Cecilia me surprennent souvent. Je me méfie de ces explosions brusques, passionnelles, qui suivent de longues périodes de calme et bousculent tous les raisonnements. Même si j'ai profité, autrefois, de la manière absurde avec laquelle elle a claqué la porte de Mme de Zorga pour se réfugier sur mon palier. A moi qui aime prévoir, construire, organiser, ces décharges d'émotion paraissent des enfantillages. Parce qu'elles sont imprévisibles, j'ai tendance à n'en pas tenir compte. L'attitude étrange de Cecilia depuis la mort de Joseph, sa réserve anormale, auraient peut-être dû m'alerter. Je n'en suis pas sûr : il est facile de deviner les événements après qu'ils ont eu lieu. Faire appel à un nouveau jardinier pour bêcher mes plates-bandes me semblait si logique, si raisonnable, que je n'ai pas pressenti l'orage.

Mme Fabre a déniché un de ses cousins, un rouquin trapu et jovial à qui son poste de magasinier laisse quelques loisirs. Comme tous les fils de paysans, il affiche une certaine compétence pour les choses de la terre et ne demande pas mieux que de compléter son modeste salaire. Il n'a ni l'expérience ni la dignité de Joseph, mais je pourrai me satisfaire de son aide maintenant que j'ai moi-même acquis quelques connaissances.

Maurice – c'est son nom – m'a donc rejoint un samedi matin près de la resserre, et j'ai éprouvé une sympathie immédiate pour sa tignasse frisée et son nez en pied de marmite. Sa manière de tourner en plaisanterie chaque menu incident me garantissait qu'il ne s'accrocherait pas à des opinions arrêtées, et qu'il se rallierait aux miennes sans réticences. Je lui ai montré les outils et les sacs d'engrais, et je l'ai regardé avec satisfaction se mettre aussitôt au travail.

Il était encore tôt et pourtant Cecilia m'attendait. Toute droite, debout devant la fenêtre. Comme si un sixième sens l'avait avertie, pour la tirer du lit à cette heure matinale. Et le regard qu'elle a fixé sur moi brillait de colère.

« Cet homme, en bas... qui est-ce ? » La

voix venait du fond de sa gorge, à demi étouffée.

« Maurice, un cousin de Mme Fabre... Il est venu m'aider. Je ne peux pas bêcher tout seul.

– Joseph a été bien vite remplacé, n'est-ce pas ? Sans aucune difficulté. On casse un outil, on en achète un autre.

– Cecilia ! » L'attaque soudaine me laissait abasourdi. La voix était montée d'un cran. Je ne sais ce qui me perturbait le plus, ce grincement ou la malveillance du propos.

« Mais naturellement, le précieux jardin passe avant tout. Rien ne compte, pourvu qu'il prospère. Il n'a pas de sentiments, lui... »

Lui, c'était le jardin, mais je me sentais directement visé, accusé. En vain je cherchais à rencontrer le regard de Cecilia, il me semblait que cet échange muet pourrait la désarmer, lui faire mesurer son injustice, mais elle baissait la tête, ses cheveux défaits pendaient comme un rideau entre nous, ses doigts se crispaient si fort sur le dossier d'une chaise que ses phalanges blanchissaient. Si proche et cependant inaccessible, repliée sur son amertume.

« Ne craignez rien, Monsieur l'Ambassadeur, il sera encore beau l'an prochain, votre petit carré de terre bien léché, bien engraissé, bien travaillé. Vous pourrez vous y pavaner, le montrer aux journalistes et aux châtelaines, savourer les compliments en affectant un air modeste... »

Je faillis répondre, rendre coup pour coup et me dominai juste à temps. Cette fois elle m'avait piqué au vif, peut-être parce que ses sarcasmes contenaient une part de vérité. Sans doute avais-je péché par vanité. Mais non : je me révoltai contre cette idée aussitôt formulée. Tout comme l'auteur qui croit écrire pour lui-même, mais ne peut se passer de lecteurs, le créateur de jardin recherche son propre plaisir, mais n'est heureux que s'il peut le partager. N'est-ce pas la définition même de l'amour ? Pourquoi refuser les louanges, qui sont autant de caresses ? Pour le partage, Cecilia ne m'avait pas gâté. Je devais le lui expliquer. Doucement. Calmement.

Elle reprenait sa respiration et je retrouvai assez de lucidité pour sentir que nous allions à la catastrophe si je n'arrêtais pas les débordements de sa hargne. Ses méchancetés dépassaient sûrement sa pensée, elle les regretterait plus tard, trop tard, quand elle m'aurait vraiment blessé. Je crus qu'un geste de tendresse l'apaiserait. Je crus que je désarmerais sa colère en affectant de ne pas la prendre au sérieux.

« Tu es charmante, quand tu te dresses ainsi comme un petit coq ! » dis-je en passant un bras autour de ses épaules pour la serrer contre moi. Erreur fatale. Elle se dégagea d'un violent coup de reins et me fit face, rouge d'indignation.

« Non ! Tu crois toujours qu'un baiser suffit à tout effacer ! Ce n'est pas vrai. J'étais heureuse, moi, dans ce pré sauvage !

– Tu n'as pas protesté ! Nous nous sommes mis d'accord, il me semble... »

Discuter ne servait à rien, je le savais. Le barrage qu'elle opposait depuis si longtemps à ses réactions spontanées venait de céder, il fallait que tout s'écoule comme un torrent bouillonnant. J'avais noté au passage le « moi » révélateur, un « moi » apprivoisé et soumis depuis de longues années, qui venait de se montrer vivant, sain, agressif. Ce même « moi » qui, sans qu'elle en ait conscience, avait tenté de s'exprimer dans la musique endiablée qu'elle jouait avec Frank. Le jour où je l'avais compris, j'en avais éprouvé de la détresse. Maintenant la curiosité dominait.

Je lui tournai le dos et, affectant l'indifférence, me mis à fourrager dans mes papiers, attitude faite pour l'exaspérer. Si j'avais vraiment voulu éviter le pire, j'aurais quitté la pièce, laissant Cecilia retrouver dans le silence le contrôle de ses émotions. Mais je n'en étais plus là. Il y a dans les couples des moments pour le mensonge et des moments pour la vérité. Je voulais qu'elle aille jusqu'au bout. Et s'il existait une plaie, qu'elle la vide, la cure et la désinfecte. Tant pis pour les conséquences.

« Je ne savais pas que tu rêvais de tout transformer. Que tu t'appliquerais à nettoyer, élaguer, supprimer, replanter, mettre de l'ordre. De l'ordre ! Est-ce qu'il y a de l'ordre dans la nature ? Elle foisonne, c'est ce qui me plaît. Pas à toi ! Tu ne l'aimes pas !

– Allons ! Faire pousser des arbres, soigner des fleurs, ce n'est pas aimer la nature ?

– Non ! Tu le crois, parce que tu plantes ici et là, mais ça n'a rien à voir !

– Cecilia ! Tu déraisonnes.

– Pas du tout. La nature, tu veux la dominer, la plier à tes fantaisies. Faire mieux qu'elle. Être le maître, plus fort, plus puissant. Rivaliser avec le Créateur ! »

Un haussement d'épaules, voilà tout ce que méritait cette ridicule diatribe. Comme je m'efforçais au mépris pour arriver à garder mon calme, un souvenir embarrassant surgit au fond de ma mémoire. Lady Temple disait à son jardinier de mari : « Vous ne ferez pas mieux que le Bon Dieu ! » Et j'avais moi-même écrit son histoire pour amuser Cecilia. La phrase m'avait alors semblé pleine d'humour, je n'imaginais pas qu'un jour elle se retournerait cruellement contre moi.

Cependant, le pire restait à venir. La dernière flèche, soigneusement empoisonnée, qui ouvrirait une plaie sans doute impossible à guérir.

« J'espère que Mme Fabre a prévenu ce Maurice des risques qu'il court. Ton jardin a déjà tué le pauvre Joseph, il pourrait bien tuer aussi le petit cousin. »

Ainsi j'étais accusé d'assassinat. Tout me condamnait : le menton levé, le ton tranchant, l'œil glacé du procureur. Où était la tendre Cecilia, l'amoureuse Cecilia, ma légère et docile libellule ? Pendant une interminable minute, je m'emplis les yeux de cette image nouvelle. Puis sans bruit je tournai le bouton de la porte et sortis. Comme un automate, j'ai descendu l'escalier jusqu'à la terrasse, traversé la pelouse jusqu'au bord du ruisseau gonflé par les pluies d'automne. Le murmure de l'eau sur les cailloux m'a rappelé que la vie allait continuer. C'est là que j'ai commencé à souffrir.

« Elle vous aime encore », m'avait dit Sauvade qui ne se trompe presque jamais. J'étais certain que, laissée à elle-même, Cecilia dégrisée s'abîmerait dans les remords, qu'elle allait longuement sangloter sur son lit et un peu plus tard demander pardon. Qu'elle me mentirait, prétendant que ses reproches ne contenaient rien de vrai. L'amour peut s'accommoder de griefs, survivre aux querelles et aux violences. Mais je savais aussi que je ne voulais pas de cet amour-là.

5

Je l'avais prévu. Cecilia est venue s'excuser. Elle a déposé près de mon assiette un cadeau, qu'elle tenait sans doute en réserve pour quelque fête : un somptueux album qui présente tous les arbres photographiés en majesté, avec le détail de leurs feuilles ou de leurs aiguilles, de leurs fleurs ou de leurs fruits. Je l'ai embrassée et nous avons fait semblant d'oublier. Mais nous savons l'un et l'autre que quelque chose s'est cassé. En tout cas, moi je le sais.

Sauvade aussi. Son œil amical se fait anxieux quand il nous rencontre. Il s'efforce de sourire quand nous nous efforçons de plaisanter, mais il sent que son ordonnance est à bout d'efficacité, que le moment approche où nos vies vont basculer. Il attend des confidences que je lui refuse, parce que je veux reprendre seul le contrôle de mes réactions. Malgré sa finesse, je crains que ne subsistent en lui quelques-uns des travers du médecin, qui tente de soigner toutes les angoisses par le Valium et toutes les douleurs par le Doliprane. L'orgueil ne fait pas partie de la pharmacopée. C'est pourtant à cette drogue incomparable que je fais appel pour m'aider à surmonter l'épreuve.

Je ne gémirai pas comme un chien battu qui espère encore des marques d'amour. Je n'attendrai pas non plus, passif et résigné, que ma libellule prenne son envol et m'abandonne. Je ne poserai pas de pièges sournois pour la retenir de force. Je ne consentirai pas davantage à me laisser domestiquer, à sacrifier la passion nouvelle qui donne un sens aux années qui me restent à vivre. Je veux rester maître de mon bref avenir.

Cecilia passe, légère, tandis que je rumine, et me jette un regard interrogateur. Il y a déjà quelque temps que nous n'échangeons plus de plaisanteries. Muet, je suis des yeux sa longue silhouette un peu dansante, qui m'émeut encore. Comme me touchent les moindres détails de sa personne, une oreille mal ourlée, un grain de beauté à la naissance du cou, une expression de sincérité ingénue. Mon désir d'elle s'est presque tari – est-ce l'âge qui vient ou le malaise qui pèse sur nous ? –, pourtant, sa fragilité m'attendrit comme jamais. Je sens mon cœur se serrer rien qu'à regarder ses doigts, des doigts délicats d'artiste, minces sans paraître osseux, aux ongles d'un ovale parfait. Peut-être l'ai-je aimée plus que je ne croyais.

Je l'entends de loin parler aux chiens qui gémissent en réclamant leur pâtée. Concert familier, dont j'aurai peine à me passer. Je ne suis qu'un pauvre humain sur le déclin, j'accueille mal les nouveautés que je n'ai pas souhaitées, seuls me plaisent les chemins cent fois parcourus. Mais Cecilia mérite mieux que de devenir la douce habitude d'un vieil homme. La vie neuve et ardente dont elle a besoin, je ne puis, semble-t-il, la lui assurer près de moi. Je l'aiderai à la trouver ailleurs.

Belle résolution, en vérité ! De celles que l'on prend dans son fauteuil, ou bien au cours des heures d'insomnie, et que l'on répète jusqu'à y croire. Tenter de les mettre en pratique... ah ! c'est impossible, tant que Cecilia reste proche, présente toute la journée et jusque dans mon lit. Notre séparation, je l'ai décidée puisqu'elle se révèle inéluctable, mais je ne sais comment la conduire sans cruauté.

Malgré moi, je ris de la phrase que je viens d'écrire. Après tout, n'est-ce pas l'ABC de la politique que d'ordonner ce qu'on ne peut empêcher ? Les gouvernements usent de cette tactique pour maintenir leur autorité ; je puis bien, moi, m'en servir pour préserver ce qui me reste de dignité.

En me laissant prévoir un proche dénouement, la violente sortie de Cecilia a tout changé. Je craignais qu'elle ne s'attarde en décembre chez son frère, voici que maintenant je le souhaite. Je réfléchirai mieux quand elle s'envolera pour Amsterdam. Elle y sera heureuse et fêtée. Une pléiade de nouveaux amis musiciens l'entraînera vers des succès mérités. L'image flotte devant moi d'une Cecilia épanouie, d'une Cecilia qui rit gaîment, comme autrefois...

« Reste là-bas jusqu'en janvier, ai-je suggéré tout à coup.

– Oh ! Étienne, ce n'est pas possible ! Je tiens à passer Noël avec toi, comme d'habitude... »

C'est ce qu'elle croit. Et une fois de plus elle s'illusionne. Nous révcillonnerons chez les Sauvade, un sympathique festin de troisième âge, et parce qu'elle est calviniste, nous bouderons la messe de minuit. Puis le 1er janvier, je l'emmènerai dîner à Lans ou peut-être Avignon, dans un de ces restaurants où l'on sert des huîtres, du foie gras et du champagne, accompagnés de serpentins et de trompettes en carton, tandis qu'un maigre orchestre s'acharne à faire danser les couples. J'aurai beaucoup de mal à dissimuler mon ennui. Elle cachera sa déception. Non, vraiment...

« Tes parents vont illuminer la maison, dis-je. Tu n'as pas passé les fêtes avec eux depuis plusieurs années. Il y aura de grandes embrassades, et un sapin étincelant pour le bébé d'Harco, et une soirée de musique. Le matin vous irez patiner. Les canaux seront gelés, en Frise... »

J'ai cru voir une flamme minuscule s'allumer dans son regard.

« Mais toi ? crie-t-elle pourtant.

– Ne t'en inquiète pas. J'irai à Lyon rejoindre Denis. Nous ferons la fête ensemble, en célibataires.

– Et Stéphanie ?

– Stéphanie rentre à Francfort, comme prévu. Un moment plutôt triste pour Denis, et une occasion inespérée de resserrer mes liens avec mon fils. »

Son sourire me serre le cœur. Un sourire consentant qui consacre mon premier triomphe sur moi-même. Cecilia ne saura jamais ce que m'a coûté cette victoire.

« Soit, réfléchit-elle, dans ce cas, si tu le veux bien, je ne reviendrai que vers le 10 janvier. Le *Koncertgebouw* d'Amsterdam annonce un extraordinaire concert le 8. Rampal jouera en personne. »

Ainsi, elle s'absentera pour plusieurs semaines, assez pour que je renoue connaissance avec une solitude qui, en vérité, ne m'effraie pas. Comme chaque année, le petit groupe d'amis rencontrés chez les Sauvade s'efforcera de m'entourer, bien que je n'en éprouve guère le besoin. Une montagne de livres et de revues m'attend dans mon antre, et je n'épuiserai pas ma collection de disques. Et surtout mon jardin aura besoin de moi, même l'hiver : il me faudra planter s'il fait doux, soigner les rosiers et aider Maurice à brûler les feuilles mortes. J'aime à présent les longues heures passées dehors, à savourer la caresse du soleil sur mon dos courbé ou la morsure de l'air vif sur mes joues. Plus surprenant, je me suis même converti à la promenade, – ou plutôt à une promenade, le long du sentier qui grimpe sur la falaise. De là-haut, j'embrasse d'un coup d'œil la vasque de mon jardin, j'en perçois le dessin et l'harmonie ; les détails à corriger se révèlent clairement, des couleurs qui se heurtent, un arbuste qui a trop grandi et s'étouffe. Depuis quelque temps, à l'heure où le soleil descend doucement vers l'horizon, je m'adonne au plaisir de cette courte escalade qui me permet, non d'admirer mon œuvre, mais de voir comment la perfectionner. Tâche qui n'aura jamais de fin.

Souvent j'emmène Wanda, à qui me lie une affection ronchonneuse. Jamais Rikki, petit monstre hirsute et horripilant. Cet hiver je le confierai aux enfants de la ferme, qui l'adorent et le tripotent comme ils feraient d'un chien en peluche. Cecilia pourra le reprendre à son retour.

A son retour... Voilà que je parle comme Cecilia, et que je patauge en pleine contradiction. Parce que, si elle projette de revenir en janvier, moi j'ai déjà compris que, même si je le désire, il ne le faut à aucun prix. Parce que je n'aurai pas le courage de recommencer un effort de séparation. Et aussi parce que, mars approchant, le clochard reviendra habiter sa cabane. Ma Cilly serait assez sotte pour le laisser détruire sa vie, et je n'y consentirai pas. Peut-être est-ce le prétexte que je me donne, mais je ne veux là-dessus prétendre à aucune lucidité.

Qui ou quoi pourra retenir Cecilia sur les bords du Zuyderzee ? Sa famille ? Non, je l'ai compris depuis longtemps. La musique ? Peut-être, dans cette Hollande artiste où la pratique des instruments reste courante dans nombre de familles. Pourtant je n'y crois guère. Cecilia n'est pas Stéphanie, l'ambition ne la dévore pas. Il faut la pousser, la secouer même, pour qu'elle fasse usage de ses dons.

Jour et nuit je tourne et retourne ces questions qui me torturent. Ces longues années de jeunesse que Cecilia m'a consacrées, comment obtenir qu'elles ne handicapent pas le reste de ses jours ? Comment la protéger, la soutenir, l'aider à trouver sa voie, au-delà de notre séparation ? On peut tout mc demander, sauf de lui devenir indifférent. Jamais je ne lui dirai : « Va-t'en ! » Je voudrais que sa vie se détache de la mienne doucement, naturellement, comme un fruit mûr quitte la branche qui l'a porté.

La réponse à mes questions, je l'ai une fois de plus trouvée chez les Sauvade. Depuis que les crachins de novembre assombrissent le ciel, je rejoins Cecilia chez eux presque chaque jour. Un thé brûlant et d'exquis petits biscuits nous y attendent, mais il faut d'abord les mériter, si l'on ose dire, par une heure de musique. Le docteur tire sur sa pipe en passant un doigt sous le menton de la chatte rousse affalée sur ses genoux ; il me regarde par les fentes de ses paupières plissées.

« Des nouvelles de Denis ? demande-t-il.

– Il téléphone de temps en temps. Je me prépare à passer les fêtes avec lui à Lyon, ou peut-être à Courchevel.

– Ah !... » Il se lève et va regarder la pluie par la porte-fenêtre. Il se pose des questions qu'il se garde de formuler, il réfléchit. Le chat mécontent s'est réfugié sous la commode. A côté, les trilles de la flûte et du piano se répondent et font oublier l'hésitation de Sauvade.

« Il devait changer d'affectation, je crois.

– Oui... Sa compagnie se développe et veut s'implanter dans de nouveaux pays d'Europe, pour concurrencer les Allemands. Denis a fait ses preuves en vendant aux émirs plus de camions qu'ils n'en pourront jamais utiliser. Il dirigera une nouvelle succursale.

– Où cela ?

– On lui permet de choisir, mais sa décision n'est pas prise. Je crois qu'il aimerait assez la Suisse.

– Pas la Hollande ? »

Le mot a produit en moi comme une décharge électrique. Comment n'y avais-je pas pensé plus tôt ? Le soir même j'ai appelé Denis, qui a paru touché, bien qu'un peu surpris, de l'intérêt que je portais à ses affaires.

« Oui, Amsterdam figure sur ma liste, a-t-il confirmé. Mais quel serait l'avantage ?

– Très net. Par les frères de Cecilia, tu aurais aussitôt des relations dans les milieux d'affaires. Harco van Ozinga, le plus brillant, fait déjà partie de l'équipe dirigeante de la première banque des Pays-Bas. Et le père de sa femme Maria s'occupe d'une puissante compagnie de transports. Des liens amicaux avec eux représentent un avantage inestimable pour une entreprise qui s'installe. »

Denis se montrait perplexe. Il me fallait le convaincre, sans paraître y attacher d'importance. Je ne pouvais réussir qu'en feignant le détachement. Mes trente-cinq années de vie diplomatique m'avaient heureusement familiarisé avec toutes les ruses. Dieu me pardonne ! J'ai poussé l'hypocrisie jusqu'à insinuer que de Hollande, on voisinait aisément avec l'Allemagne. Pour cette fois, la fin me semblait justifier les moyens. La fin, c'est-à-dire l'avenir de Cecilia. Celui de Denis aussi. Le seul mot de Sauvade pouvait, avec un peu de chance, résoudre tous les problèmes qui me tourmentaient depuis des mois.

J'aurais pu prévoir à coup sûr que je serais la première victime de mes machinations. Que mon plan réussisse, et je ne pourrais m'empêcher d'en éprouver de l'amertume et une vive douleur. Dans le feu de l'action je n'y songeai même pas. Je me sentais invulnérable. J'étais sûr d'œuvrer pour le mieux.

6

Sept heures. Je n'ai pas besoin de la sonnerie criarde du réveil. Le sommeil me quitte chaque matin à ce moment précis. L'heure des nouvelles, sacrée pour moi depuis des dizaines d'années. Toutes mes préoccupations ont changé, toutes mes habitudes, sauf celle-là. J'ai beau tendre l'oreille, je n'entends aucune nouvelle des Pays-Bas. A croire que, pour le journaliste, la Hollande est aussi loin que le Bhoutan ou le Lesotho.

Mes volets s'ouvrent sur une traînée de brume qui s'attarde au-dessus du ruisseau. Brume bienfaisante, qui va humecter et nourrir les feuilles. Sécateur en main, je descends retrouver mon jardin, qui sent bon la terre humide et les lilas en fleur. Il me réserve mille surprises. Depuis hier une pousse nouvelle, intempestive, a jailli d'un buisson ; des centaines de minuscules billes vertes apparaissent sur les branches des cerisiers. Des fleurs se sont fanées, qu'il me faut supprimer. Les délicates étoiles blanches des citronniers se dessèchent et laissent entrevoir les pistils gonflés qui promettent des fruits. La vie ne s'arrête pas pendant la nuit ! Ses progrès, ses élans et même ses erreurs me plongent dans un ravissement sans fin. Cecilia n'a pas voulu le comprendre. Elle a pris la création de mon jardin pour un jeu dispendieux, une opération de prestige. Elle n'a vu qu'une facette de la réalité.

Dans ma tour, où je reviens pour lire quand le soleil monte dans le ciel, je ne résiste pas toujours à l'impulsion d'ouvrir le tiroir où j'ai rangé la dernière lettre que je lui ai envoyée, il y a déjà plusieurs mois. Et je la relis, en me posant toujours les mêmes questions.

Lyon, le 29 décembre.

Ma chère enfant,

Nous voici redescendus des montagnes. A regret : la splendeur du spectacle, la morsure de l'air vif, le plaisir de la marche dans la neige donnent à la vie un goût surprenant. Mais Denis doit préparer son départ. Il arrivera le 3 janvier à Amsterdam. Harco lui a écrit fort aimablement, et sera un appui sûr. Je compte sur toi pour l'aider à s'installer, à comprendre quelque chose du pays où il va vivre désormais.

Tu ne peux imaginer combien je suis heureux de savoir si réussie ta fête de Noël en famille. Je ne m'en étonne guère : c'est une folie de croire qu'on peut renier son enfance. Sans doute as-tu comme autrefois partagé avec Harco et Wite le bonheur des soirées musicales et celui de la glisse au long des canaux gelés, entre les arbres blancs de givre.

Cette joyeuse course de patineurs entre les treize villes de Frise, tu ne peux y renoncer ! Reste là-bas aussi longtemps que tu le souhaites. Et même plus longtemps. Nous avons eu des différends dans ces derniers mois, qui nous ont meurtris. Laisse le temps et la séparation cicatriser ces plaies.

Je souhaite surtout que tu te sentes libre, totalement libre. Tu ne me dois rien, Cecilia, pas même ta présence. Tu m'as consacré plusieurs années, c'est moi qui te dois une reconnaissance infinie. Tu m'as tant donné. Avec les années qui passent, je ne demande plus rien sinon de regarder vivre mes plantes. Elles grandissent et le vent les agite, elles fleurissent et puis se fanent. Je suis fané, Cecilia, et n'ai plus rien à offrir. Toi qui es en pleine fleur, en pleine gloire, tu ne te dois qu'à toi-même.

Je t'embrasse.

Étienne

Je m'en souviens, la lettre pliée, cachetée, timbrée reposait devant moi, léger rectangle blanc sur le bois sombre de la table, et je ne pouvais en détacher les yeux. Cecilia, pensais-je, est assez fine pour lire entre les lignes et y déchiffrer des sentiments contradictoires. Y compris l'espoir insensé, inavouable, qu'elle change, qu'un élan de passion renouvelée la ramène à moi et vienne m'ôter tout courage. Mais non : c'était impossible, et d'ailleurs inacceptable. Ma volonté de séparation restait claire. Peut-être alors, aurais-je dû adopter un ton plus léger, plus insouciant ? Feindre d'ignorer qu'elle pourrait se sentir coupable ? Il suffisait de gagner du temps. Avec le temps, mon projet insensé s'inscrivait peu à peu dans la réalité.

« En sortant, je peux mettre cette lettre à la boîte... »

Denis s'en est emparé, a lu indiscrètement l'adresse.

« Pour Cecilia ? Tu lui annonces mon arrivée ? Quand revient-elle ?

– Jamais », dis-je, et aussitôt je ressentis le ridicule de ce mot mélodramatique, en même temps que le soulagement d'avoir rendu ma décision irrévocable.

« Tu plaisantes ?

– Pas le moins du monde. C'est fini. Nous nous sommes disputés. Cruellement...

– Querelle d'amoureux !

– Non. Nous ne nous comprenons plus. Nous ne sommes plus accordés l'un à l'autre. Crois-tu que je veuille la retenir ?

– Tu seras malheureux, mon vieux père...

– Je ne le crois pas. Je suis vieux, tu viens de le dire. L'âge émousse les sentiments. Les passions, tout ça... c'est derrière moi. Je ne vais pas tenir en cage une jeune femme qui a trente-cinq ans de moins que moi, et du talent. Qu'elle construise sa propre vie ! Avec ma bénédiction. »

Denis rit, soudain détendu. Il est dispensé de se faire du souci pour moi. Libéré d'un poids.

« Mais elle ? grogne-t-il tout de même.

– Sa famille l'entourera, la musique la soutiendra. Peut-être traversera-t-elle une période pénible. Tu t'occuperas d'elle, n'est-ce pas ?

– Naturellement... »

J'ai pensé : « Je te la donne », mais je ne l'ai pas dit.

Cecilia n'a pas répondu à ma lettre et n'est pas revenue. Je m'y attendais. Je la savais fière et susceptible. Elle a su lire entre les lignes. Je la souhaite délivrée de moi et des chaînes qu'elle s'était elle-même forgées. J'espère qu'elle goûte sa liberté, qu'elle ne soupçonne rien des rêves qui m'habitent et qui l'indigneraient. A tort : elle choisira sa vie, je ne veux que lui ouvrir le champ des possibles... et espérer. Je songe à elle avec tendresse, avec émotion. Parfois, quand il pense à me téléphoner, Denis me donne de ses nouvelles et je guette les intonations de sa voix, dans l'attente d'y déceler une vibration incontrôlée.

Jusqu'à présent, je n'ai recueilli qu'un indice : les visites à Francfort se raréfient. Maigre espoir, mais je me réconforte avec la conviction que mon plan ne peut faillir. Entre deux jeunes gens brusquement arrachés à leurs habitudes, privés de leur compagnon, et qui se préoccupent l'un de l'autre, une amitié s'établit tout naturellement. Pimentée par un vague sentiment de culpabilité à mon égard, par la tentation du fruit quelque peu défendu, elle doit se transformer en attirance, puis en passion.

Cet espoir occupe mon esprit. Il se glisse entre les pages des romans que j'ai recommencé à lire pour y trouver des encouragements. Il assaisonne les délicieux déjeuners que me prépare Mme Fabre avec les légumes de la ferme. Il flotte entre Wanda et moi quand nous escaladons le sentier de garrigue qui mène à la falaise. Je sais que sa réalisation m'empêcherait de revoir Cecilia pendant de longues années. Cela ne me trouble guère : j'ai vraiment renoncé à elle. Parfois, dans un éclair de lucidité, je me dis que je me satisfais d'exercer encore un pouvoir sur elle, à distance, tout en feignant de respecter son indépendance.

Je me complais dans un rêve ? Soit. Il m'arrive de le mener jusqu'au bout, jusqu'à ce petit-enfant que pourraient me donner un jour Denis et sa compagne. Un enfant en qui mon sang se mêlerait à ceux d'Olga et de Cecilia, pour un avenir sans fin. Son image s'unit à celle des roses que j'ai plantées et que je soigne tendrement : tout ce que je souhaite laisser après moi en ce monde.

Ma journée passe vite, consacrée à d'innombrables tâches matérielles. Tondre, tailler, arracher des herbes, lier des branches, toutes ces menues occupations m'apaisent. J'ai trop souvent souffert des incertitudes et de l'angoisse qui suivent l'effort intellectuel pour ne pas goûter la sérénité que procure le travail manuel. J'y trouve mon équilibre. Et aussi, à en constater les résultats immédiats, une joie sans cesse renouvelée.

Quand le soleil pâlit et disparaît derrière la falaise, j'aime à sortir sur la terrasse. Chaque fois la porte grince un peu, amicalement. Une odeur me frappe au visage, effluves d'herbes mêlés à du brûlé ct au parfum plus lourd des touffes de seringat. Un fauteuil de jardin me tend les bras. A demi étendu, je regarde les branches noires des grands arbres escalader le ciel gris-bleu. Plus bas, dans les lauriers, un oiseau lance un trille suraigu, un autre lui répond sur deux notes. Je savoure un moment de paix sereine. Il me semble toucher à une vérité, la mienne, enfin dépouillée de tous les artifices qu'emploient les gens de mon âge pour se cacher l'approche de la fin. Je veux affronter moi-même le terme qui s'annonce, le retour à la maternelle nature et au mystère. Il ne m'effraie plus.

Le souvenir d'autres soirées me tourmente parfois. Je le chasse aisément. Cecilia ne me manque plus. Le spectacle délicat et fugitif qui m'enchante m'aurait sans doute échappé si une voix, derrière moi, avait dit : « Je sens la fraîcheur », ou « Regarde l'article que je viens de lire », ou même « Bonsoir, mon amour ! ». Je ne sais pourquoi personne, jamais, n'évoque les présents de la solitude. Elle n'est malheur qu'entre les quatre murs de ciment d'un logis des villes. Dans mon jardin, elle est fête continuelle. Je ressemble à ces paysans d'autrefois qui, le soleil couché, s'asseyaient sur le pas de leur porte pour écouter la nuit. Ils respiraient lentement, au rythme des feuilles qui poussent et des crapauds qui chantent. Ils s'accordaient à la vie qui grouillait autour d'eux.

Tranquille et silencieux tandis que mon jardin s'enfonce dans l'obscurité, je sais que je reçois un inestimable bienfait. Plus le privilège de le savourer en paix. Et que j'ai envie de remercier. Peut-être Gé, la Terre, la vieille déesse-mère qui, en s'unissant au Ciel, a engendré tous les Dieux.

Table

Achevé d'imprimer en septembre 1996
dans les ateliers de T. J. PRESS à Padstow,
Grande Bretagne
pour le compte des Éditions Feryane
B.P. 314 – 78003 Versailles

Dépôt légal septembre 1996